Christine

En bas dans la vallée

DU MÊME AUTEUR

Sofia s'habille toujours en noir, *Liana Levi, 2013*

Le Garçon sauvage, carnet de montagne, *Éditions Zoé, 2016 ; 10/18, 2017*

Les Huit montagnes, *Stock, 2017* (Prix Médicis étranger 2017) ; *Le Livre de Poche, 2018*

Sans jamais atteindre le sommet, *Stock, 2019 ; Le Livre de Poche, 2021*

Carnets de New York, *Stock, 2020 ; Le Livre de Poche, 2022*

La Félicité du loup, *2021 ; Le Livre de Poche, 2023*

Paolo Cognetti

En bas dans la vallée

roman

Traduit de l'italien
par Anita Rochedy

TITRE ORIGINAL :

Giú nella valle

La traductrice remercie
Pro Helvetia, Fondation suisse pour la culture
pour son précieux soutien.

Jaquette : © Raphaëlle Faguer

ISBN : 978-2-234-09692-9

© 2023 by Paolo Cognetti. First published in Italy
by Giulio Einaudi editore, Torino, 2023.

This edition is published by arrangement with Paolo
Cognetti in conjunction with its duly appointed agents
MalaTesta Lit. Ag., Milan, Italy & Books And More Agency
#BAM, Paris, France. All rights reserved.

© 2024, Éditions Stock pour la traduction française.

C'est ça ou la chasse au lynx avec mon ami Morris. Tenter d'écrire un poème à six heures ce matin, ou bien courir derrière les chiens avec une carabine dans les mains. Le cœur bondissant dans sa cage. J'ai quarante-cinq ans. Aucun emploi. Imaginez le luxe de cette vie. Essayez de l'imaginer[1]. [...]

Raymond Carver

---

1. Raymond Carver, « La bourse », Poésie. Œuvres complètes 9, Paris, éditions de l'Olivier, 2015, traduction de Jacqueline Huet, Jean Pierre-Carasso et Emmanuel Moses. *(Toutes les notes sont de la traductrice.)*

Valsesia

C'était une femelle qui n'avait pas encore vu son second hiver, ni autre chose que le garage au bord de la grand-route. Seule dans l'arrière-cour de l'atelier, elle jouait avec un reste de vieux pneu : elle le mordillait, le lançait, courait le récupérer, quand elle remarqua qu'elle avait du public. Un chien gris venu de la gravière voisine avait fait son apparition et l'observait. Il y avait le fleuve, de ce côté, même si en automne il était presque à sec et se traversait sans peine. Elle posa le morceau de caoutchouc pour humer l'air à la recherche de l'odeur du mâle, mais en levant le museau elle en vit trois autres surgir du tas de ferraille. Trois chiens de berger au pelage crotté avec leur clochette au collier, mais ceux-là, elle les connaissait. La journée ils gardaient les moutons qui broutaient le chaume dans les champs et l'herbe autour des entrepôts, et le soir ils rôdaient à la recherche de quelque chose à chaparder. Mais ce n'était pas la faim qui les amenait cette fois, ils étaient venus pour elle. La femelle le savait sans savoir. Elle n'avait guère plus d'un an, et l'intérêt nouveau qu'elle suscitait chez les mâles faisait partie des choses qu'elle était rapidement en train d'apprendre, des choses excitantes et dangereuses comme les feux de camp que les jeunes allumaient l'été, ou le courant du fleuve qui un jour avait manqué l'emporter.

Il y avait une banquette défoncée, contre le mur de l'atelier, et elle alla s'y coucher. Une banquette de voiture qui avait accueilli des générations de chiens avant elle. Non loin, l'excavatrice plongea son bras dans le lit du fleuve, remonta une pleine benne de sable et de gravier, et c'est à ce moment-là que le chien gris s'approcha. Les trois bergers renégocièrent leurs rapports hiérarchiques : le plus vieux et costaud n'eut qu'à grogner et à faire tâter de ses crocs pour dissuader le second, qui détala en glapissant pendant que le troisième se mettait déjà à couvert. Le chef avança à petits pas, selon un rituel mâle que la femelle connaissait. Menacer, grogner, montrer les crocs, c'était ainsi que les chiens se battaient dans la vallée, mais le gris venait d'un autre coin où il avait reçu une éducation différente, des hommes ou de la vie. Quand l'autre dressa ses poils, se raidissant pour l'impressionner, il se jeta sur lui sans préambule. Il était le plus sec des deux, mais la violence de l'attaque suffit à renverser son rival sur le dos, puis il le coinça sous une patte et lui enfonça ses crocs dans la gorge. Ça, la femelle ne l'avait encore jamais vu faire. Elle ressentit une excitation nouvelle tandis que le chien gris resserrait son étau, sans relâcher la gorge du berger qui se débattait. Jusqu'à ce que ses deux congénères, qui tournaient autour de la scène affolés, voient le corps de leur chef se dérober, son cou dégouliner le sang, et le sang pénétrer le sol. Lui aussi ressemblait à un vieux pneu maintenant, et sitôt après les deux autres s'étaient éclipsés dans les champs.

Un camion-citerne passa sur la grand-route, il avait une fine couche de givre sur le toit qui s'envola dans un souffle. Novembre. La femelle descendit de la banquette et remua la queue en voyant le mâle approcher. La fureur en lui était déjà retombée, il la renifla gentiment, se laissa renifler. L'odeur qu'elle perçut était de bois, de terre, de feuilles, et du sang du chien qu'il venait de tuer. Elle eut envie de le lécher, et elle le lécha. Puis il la prit et son enfance fut révolue à jamais.

Ils remontèrent le fleuve au pas de course ce jour-là, portés par l'euphorie de leur rencontre, le long des bancs et des îlots de gravier, à travers les terres désolées du fond de la vallée.

Les crêtes au loin étaient saupoudrées de neige, mais au bord du fleuve se dressaient les cimenteries, les fabriques de meubles, les grossistes en matériel agricole, les entrepôts de chantier. Ils virent les rats dans les canaux d'évacuation et les corneilles au-dessus des déchetteries, ils sentirent l'odeur du fumier épandu dans les champs, et quand ils croisèrent des humains, dans un fourgon sur la berge, elle qui ne craignait pas l'homme comprit que lui en revanche l'évitait, car ils retraversèrent à gué pour continuer sur l'autre rive. Ils longèrent un grillage jusqu'à ce qu'ils butent contre une écluse qui barrait le fleuve et d'où partaient les conduits. Ils entendaient la route de là où ils étaient, quelque part derrière le talus. La lumière déclinait et il voulut attendre la nuit pour sortir à découvert. Pendant qu'ils attendaient elle eut faim, cela faisait des heures qu'elle n'avait plus rien dans le ventre, et elle le fit comprendre à la manière des chiots, en léchant et mordillant son museau, comme s'il était son père et devait lui procurer à manger. Lui, secrètement, se délecta de cette torture.

À la nuit tombée il l'entraîna le long de la grand-route jusqu'à un bâtiment dont la façade était éclairée par une grande enseigne au néon, une boule de bowling qui roulait sur les quilles par saccades. À l'arrière, une porte métallique avec une petite fenêtre opaque donnait sur le parking, et un chien attaché dehors les entendit arriver. C'était un roquet qui aboya et tira sur sa laisse pendant qu'eux restaient tapis là où la lune ne parvenait pas. Au bout d'une minute, le roquet s'arrêta, sonda l'obscurité, entendit un autre chien aboyer ailleurs et lui répondit, puis la porte métallique s'ouvrit et un jeune homme en tablier blanc sortit. Le roquet remua la queue, tout content. Le jeune homme laissa tomber deux sacs d'ordures contre le mur, regarda le ciel sans étoiles et sans lune et sortit de sa poche quelque chose qu'il tendit au chien, en lui caressant la tête pendant qu'il mangeait dans sa main.

Voyant cela, la femelle cachée entre les voitures éprouva un sentiment encore inconnu. À cause de la caresse, pas de la nourriture. À cause de l'affection du jeune homme et de la confiance aveugle du chien, une sorte de nostalgie.

Le mâle ne la laissa pas s'attarder, il sortit de la pénombre sitôt le jeune homme retourné en cuisine. Le roquet leva le museau de sa pitance, mais c'était un petit chien de rien du tout, et attaché comme il l'était, il pouvait difficilement se défendre. L'autre l'avait saisi à la gorge avant qu'il ait eu le temps d'aboyer. Il laissa échapper un râle et un sifflement, personne dans la cuisine n'entendit et personne ne vint voir, et quand elle les rejoignit, il était déjà mort : il gisait la gueule ouverte, langue dehors. Son amant s'en était désintéressé et lacérait maintenant les poubelles avec ses griffes et ses dents. Ils trouvèrent de quoi festoyer, viande, pâtes, os, mangèrent à satiété à côté du cadavre en laisse, et pendant ce temps la boule au néon envoyait valser les quilles sous le ciel noir.

De village en village, à travers la Valsesia où l'hiver s'installait, à droite comme à gauche du fleuve, la rumeur enfla autour de ces chiens morts – le berger, le petit bâtard du bowling, et encore un chien de chasse parti dans le bois qu'on n'avait jamais revu, puis le chien de garde d'une scierie – et de la bête qui les égorgeait, tous selon le même mode opératoire, tous des mâles. Dans les bars, où les nouvelles circulaient, certains pariaient que c'était un loup. Il n'y avait que les loups pour tuer comme ça, non ? Pour d'autres, c'était un chien de combat qui avait échappé à son maître, lequel s'était bien gardé de signaler sa disparition. La théorie prit ensuite corps qu'il pouvait s'agir d'un mélange des deux, un de ces croisements entre chiens errants et loups dont on parlait comme d'êtres mutants. Des créatures diaboliques, car dotées de deux âmes : l'assurance du chien avec l'homme, et la férocité du loup. Dans les légendes locales, ils s'approchaient docilement puis attaquaient sans crier gare. Mais la théorie posait un problème, car si un chien enragé pouvait voire devait être abattu, le loup, en revanche, était protégé par la loi. Que faire avec un hybride ? Le débat mettait de l'animation à l'heure de l'apéritif. Devant un deuxième ballon de bonarda, de blanc et Campari, et encore une tournée de la même chose on disait, sans grande discrétion, que les gardes forestiers restaient les bras croisés. Ils préféraient coller des amendes plutôt que protéger la population. D'accord, on n'avait pas encore eu vent d'attaques contre l'homme, mais quelle mère se risquerait à laisser son enfant jouer dehors par les temps qui couraient ? Une chose était sûre : c'était la saison de la chasse, et les chasseurs étaient légion dans la vallée. Entre ceux qui chassaient le sanglier, le chamois, le cerf, les blondes… Les hommes se distrayaient ainsi, ils faisaient des sous-entendus et se donnaient des coups de coude, s'envoyaient deux cacahuètes dans le gosier et lançaient un clin d'œil à la serveuse. Puis ils finissaient leur verre, payaient leur tournée, remontaient dans leur pick-up et rentraient chez eux retrouver leur femme pour le dîner. Si une de ces bêtes en forme de chien devait croiser leur route, ils l'écraseraient sans hésiter.

Cette nuit-là, elle rêva sa mère. Elle rêva qu'elle était si petite qu'elle vivait encore blottie contre sa mère avec ses frères et sœurs. Hors de son rêve, elle agitait les pattes, couinait doucement, et dans son rêve elle se disputait une mamelle avec d'autres chiots comme elle. Il y avait des hommes autour, pas de visages à proprement parler mais des présences, des voix, puis une main qui des voix descendait vers elle. La main était plus grande qu'elle, elle la sentit qui l'empoignait, ses doigts autour de son corps, cette main qui la prenait et la soulevait.

Elle se réveilla épouvantée et se retrouva dans le noir sans savoir où elle était. Elle reconnut d'abord l'odeur de son amant, son poil dru et ses côtes saillantes. Cette odeur eut aussitôt le pouvoir de l'apaiser. Petit à petit, elle devina ensuite le reste, dans la nuit qui les enveloppait : le pylône en béton au pied duquel ils avaient trouvé refuge, le passage d'une voiture au-dessus d'eux, le clapotis du fleuve. Elle ne savait pas depuis combien de jours ils le remontaient. Ni ne se demandait où le mâle la conduisait, elle le suivait, c'est tout. Il veillait sur elle, même maintenant : la régularité de son souffle lui disait qu'il se reposait, mais il ne dormait pas.

Au petit matin, alors qu'ils progressaient à travers les fourrés, elle saisit un mouvement au milieu du fleuve. Elle huma l'air, et flaira l'odeur d'une femme. Elle savait la différencier de celle d'un homme. Poussée par la curiosité, elle laissa le mâle avancer et se risqua à la lisière de la végétation, près de l'eau.

La femme était en train de s'immerger dans un trou d'eau. Elle avait la peau très blanche et les cheveux roux. Il faisait froid, son souffle faisait de la vapeur, mais elle entrait dans le fleuve un pas après l'autre. L'eau lui arrivait aux cuisses quand elle sentit qu'on l'observait, elle tourna la tête vers les buissons et la vit. Leurs regards se croisèrent. La chienne éprouva encore une fois ce sentiment, cette nostalgie.

Son amant était revenu à sa hauteur. Lui aussi observait la femme et la femme les regardait tous les deux. Puis le mâle lui donna un petit coup de museau dans l'encolure et se remit en route. Elle eut peur qu'il parte, si elle restait, elle laissa donc la femme dans l'eau et se résigna à le suivre.

Plus tard, le paysage changea et les fourrés protéiformes du bas de la vallée cédèrent la place aux conifères, et à des bouleaux plus épars. Les fins bouleaux au bord de l'eau, et l'épaisseur du bois derrière eux. Le fleuve qui, en aval, était toujours entravé, corseté, asséché par les prélèvements, coulait lui aussi librement entre les rochers, et sur une de ses anses qui partait vers le nord, ils trouvèrent de la neige, inattendue. Rien qu'un voile de neige tombée quelques jours plus tôt, et que l'ombre avait préservée. La jeune chienne la renifla et reconnut l'odeur lointaine qui, d'autres fois, avait chatouillé ses narines, elle eut envie de la goûter et découvrit que la neige n'était pas faite pour manger, mais pour jouer. Elle égratigna la croûte glacée de ses griffes, y enfonça le museau, éternua, s'en remit plein la gueule et les oreilles.

Le mâle, pendant ce temps, avait trouvé une cabane en bois et en tôle. Une cheminée dépassait du toit mais aucune fumée n'en sortait. Il huma les alentours, n'identifia pas de menaces, suivit une odeur de viande qui le mena à une grille posée sur deux briques. Il y avait des bouts de gras, collés à la grille. Il en était aussi tombé dans les cendres et il les fouilla pour extraire ce qu'il avait flairé.

Ce fut elle qui vit le chien surgir hors du bois. Elle le vit courir, il était imposant et noir : il fondit sur le chien gris et le mordit au flanc droit. Le gris, pris par surprise, parvint à se retourner et à mordre tant qu'il pouvait, mais l'autre avait planté ses crocs dans sa chair et ne le lâchait pas.

Elle les vit rouler entre le lit du fleuve et la neige. Elle glapissait d'angoisse, ne sachant comment intervenir. Maintes fois les deux mâles prirent le dessus et se renversèrent l'un l'autre, jusqu'à ce que le gris, qui se battait à l'aveugle, eût un coup de chance. La nuque du noir céda sous le poids de leurs deux corps, et elle entendit le bruit d'une vertèbre qui se cassait. Les mâchoires se relâchèrent aussitôt. Le noir resta à terre à s'agiter, incapable de se relever, et le gris, avec toute la rage qu'il avait en lui, lui sauta à la gorge. Il y mit tant de hargne qu'il lui arracha son collier en cuir.

C'était la victime numéro huit de leur cavale. Ils décampèrent et, plus tard, elle l'aida à se soigner. Il avait une vilaine plaie au flanc, là où les côtes finissaient dans la chair molle de l'abdomen. Elle passa sa langue dessus et sentit que son sang avait le même goût que celui des chiens qu'il avait tués. Elle lécha sa blessure, la nettoya, la lécha jusqu'au vif de la chair, mais fut incapable d'arrêter le saignement.

La neuvième n'était qu'un chien errant qui s'était retrouvé au mauvais moment au milieu des poubelles, et la dixième avait pisté l'odeur de la femelle, et aurait mieux fait de rester dans sa cour.

Dix chiens innocents, dix mâles tués en l'espace de quelques jours.

Ils passèrent leur dernière nuit sous un rocher qui s'avançait assez pour les cacher et leur servir d'abri. Elle non plus ne dormait plus, désormais, elle l'écoutait haleter, lécher sa blessure puis changer de position, et à un moment donné, dans la trouée de ciel noir au-dessus d'eux, la lune apparut. Une lune d'automne qui rejoignit le lit du fleuve, la neige sur ses rives, et la fit scintiller faiblement : la neige recueillait la lumière que la lune envoyait. Le mâle, surpris par cette lueur, leva la tête et dressa les oreilles. Il fixa la lune, huma l'air, resta à l'affût comme s'il s'attendait à entendre une voix, quelque chose ou quelqu'un qui l'appelait, mais dans la nuit, il n'y avait rien d'autre que l'écoulement incessant de l'eau.

À l'aube, ils étaient encore ensemble entre deux rives abruptes, et d'imposants troncs encastrés que les crues avaient charriés. Il ouvrait la voie, boitait et perdait du sang mais semblait encore connaître le chemin, quand elle vit les chiens arriver. C'étaient des chiens de chasse, ils pistaient l'odeur du sang et aboyaient parce qu'ils sentaient leur proie. Ils passèrent à côté d'elle, en l'ignorant. Le mâle déguerpit avec le peu de forces qu'il lui restait. Les limiers le traquèrent, l'obligèrent à se rabattre. Dès qu'il fut à découvert, un coup de feu retentit un peu plus haut, quelque part au-dessus du fleuve. Soudain, ses pattes l'abandonnèrent. Il s'effondra et dégringola dans l'eau, dans le courant.

La femelle s'aplatit au sol, terrorisée. L'écho de la détonation s'éteignit et elle leva les yeux pour regarder là-haut, vers la pente. Elle entendit siffler et les limiers coururent retrouver leur maître, repartant aussi vite qu'ils étaient venus. Elle resta immobile : elle était bien en vue, et semblait à la merci du tireur. Mais il n'y eut pas de deuxième coup de feu.

Quand elle put enfin bouger, elle descendit au fleuve et s'approcha du mâle, qui gisait renversé sur les rochers. Elle le toucha avec son museau, lui renifla le cou et le poitrail. Elle trouva le trou du projectile, le sang que l'eau emportait. Elle renifla ses oreilles, son museau, cette bonne odeur familière qui disparaissait déjà. Elle avait vu dix chiens mourir en l'espace de quelques jours, et encore une semaine auparavant, elle n'était qu'un chiot. Elle reconnaissait maintenant la mort et savait que son amant n'était plus, que celui qui gisait dans le fleuve n'était que de la chair et des os, comme les autres. Elle regarda autour d'elle, hésita sur la direction à prendre, puis, les oreilles baissées, suivant le sens du courant, elle s'éloigna de là où ils étaient arrivés.

Policier des forêts

De leur lit, l'après-midi, ils voyaient l'enseigne de la station essence, une lune artificielle qui s'allumait au-dessus de la vallée dès qu'il faisait noir. Elisabetta était allongée de côté, elle regardait les ramures des arbres qui tranchaient avec le jaune fluo, et Luigi, derrière elle, la caressait. La ligne de l'épaule, de la clavicule, le sein. Son sein changeait. Il devenait plus lourd à mesure que les semaines passaient, et il aurait dit que le téton s'était épaissi. Il le caressa du bout des doigts sous les couvertures.

Il dit : Tu crois qu'elle le sent quand on se dispute ?

Évidemment qu'elle le sent, dit Elisabetta.

Et elle sent quoi ?

Elle sent les choses à travers moi. Elle sent que je ne vais pas bien.

Et quand on fait l'amour ?

Pareil. Elle le sent aussi.

Et elle est contente quand on fait l'amour ?

Non, elle est jalouse.

Jalouse de son père !

Luigi parcourut ses côtes jusqu'au ventre, qui commençait à peine à s'arrondir. La cicatrice au-dessus du nombril, le léger duvet. Il lui semblait connaître ce corps mieux que le sien.

Il dit : Elles sont pas toutes amoureuses de leur père, les petites filles ?

Ça, ça vient plus tard, si…

Si quoi ?

Si le père se comporte bien.

J'ai compris.

Il fait déjà nuit, mais il est quelle heure ?

L'heure que j'y aille.

À contrecœur, Luigi se détacha du corps de sa femme et roula sur l'autre moitié du lit. Il regarda sa montre : trois heures moins le quart. Il repoussa les couvertures, s'assit, ramassa son slip et ses chaussettes où ils avaient atterri. Il se leva, nu, dans la lumière blafarde, le torse pâle et la nuque noire de soleil.

Il alla dans la salle de bains, ouvrit le robinet du lavabo. But une goulée et sentit le goût du chlore qu'ils mettaient dans l'eau pour la désinfecter. Une chose à laquelle il n'avait jamais pu s'habituer. Quand il revint, en sous-vêtements, Elisabetta avait changé de position. Elle était adossée contre l'oreiller, ses cheveux roux qui lui tombaient sur les épaules. Luigi ouvrit l'armoire à uniformes.

Elle dit : Quelle idée de sortir par un froid pareil !

C'est pas comme si j'avais le choix.

Je t'attends pour dîner ?

Je crois pas. Je dois voir mon frère après.

Il enfila son pull et son pantalon gris-vert. Il mit sa veste, prit son ceinturon et le serra au trou habituel. C'était un ceinturon noir avec l'étui à droite. Sur la poche avant de la veste, un écusson affichait : CORPO FORESTALE DELLO STATO[1].

Au fait, pourquoi t'amènerais pas ton frère à l'hôtel ? dit-elle. On paiera nous : en basse saison, qu'est-ce que tu veux que ça coûte ?

Mon frère, à l'hôtel ?

Je ne veux pas de ton frère à la maison, je suis désolée.

Je sais, je sais.

L'agent Luigi Balma se pencha pour saluer sa femme. Ce fut elle qui le caressa cette fois, elle voulait le retenir encore un peu. Elle arrangea son col et lui balaya une poussière sur l'épaule.

Tu penses rentrer tard ?

Non.

Tu me promets que tu ne boiras pas trop ?

Comment veux-tu que je promette ? J'essaierai.

---

1. Traduit littéralement, le « Corps forestier de l'État » (dissous en 2017) était l'équivalent de l'Office national des forêts en France.

Il l'embrassa. Son baiser à elle fut plus long, le sien plus court. Puis son ombre, rapide, passa sur les draps.

Au poste de commandement il prit le Defender, recula le siège pour le régler à sa taille, baissa la vitre et laissa l'air glacé s'engouffrer dans l'habitacle. Personne ne faisait équipe avec lui ce jour-là, mais Luigi aimait ça, sortir seul : il n'avait pas à subir de bavardages et pouvait fumer. Il alluma une cigarette et s'engagea sur la grand-route. C'était un mercredi comme un autre et dans les villages il croisa peu de voitures, plus de bars que de clampins dehors, déjà accoudés au comptoir à quatre heures de l'après-midi. La Sesia[2], quand il la traversa, était un obscur sillon.

Passé le pont, les flancs de la vallée se firent plus hostiles. L'automne avait perdu toutes ses couleurs, et dans les hêtraies, les châtaigneraies, les chênaies, les feuilles mortes s'accumulaient au sol. Il leva les yeux de ces squelettes de bois et observa les crêtes rougies des trois mille mètres. Un beau coucher de soleil, même si, dans le fond de la vallée, personne ne le remarquerait. En bas,

---

2. Techniquement, la Sesia est un affluent du Pô et donc une rivière. Pour ne pas nuire à la logique du récit, elle sera ici un fleuve, conformément à la volonté de l'auteur.

sous l'effet de l'inversion thermique, la fumée des cheminées stagnait entre les entrepôts, l'humidité empoissait le goudron et embuait le pare-brise, alors que là-haut, les pierriers tiédissaient au soleil.

Il bifurqua à gauche sur une piste en terre qui retournait en direction du fleuve. Deux cents mètres de boue et de flaques. Il franchit le portail d'entrée, entendit le grincement strident de la scie à ruban, se gara dans une cour où des piles de planches séchaient sous les abris. Il descendit du 4×4 et attendit que quelqu'un se manifeste. Alors qu'il faisait quelques pas entre les piles, une odeur l'attira : il chercha le bois qui embaumait et le caressa par réflexe. La résine était encore fraîche.

Vous avez mis le temps, dit quelqu'un.

Luigi se retourna. Un homme dans la cinquantaine en combinaison de travail. Il s'approchait d'un pas lourd de roi de basse-cour.

Ça fait un moment que je vous ai appelés, dit-il.

Et nous voilà, dit Luigi.

Vous êtes seul ?

Vous savez ce que c'est, avec la chasse.

L'homme détaillait les galons sur sa poche avant. Il savait peut-être les déchiffrer, ou peut-être pas. On lui avait envoyé le dernier troufion.

Il est beau votre pin cembro, dit Luigi. Il vient d'où ?

D'Autriche. Y a tout qui vient d'Autriche ici.

En tout cas, il a grandi en altitude : il a les cernes serrés.

Si vous le dites.

En altitude et au soleil.

Vous voulez voir le bon de livraison ?

Non, non. Montrez-moi plutôt le chien.

L'homme lui fit traverser le hangar, où les machines n'avaient pas cessé de tourner. De la résine du cembro lui était restée sur les doigts et il la huma en marchant sur un tapis de copeaux. Deux ouvriers le regardèrent passer : gants, casques antibruit et lunettes de sécurité comme pour une visite de l'inspection du travail. Si c'est pour moi cette mascarade, pensa-t-il, c'était pas la peine.

Ils sortirent à l'arrière et là, au milieu des chutes de bois, un chien gisait par terre, sur le dos, dans une tache sombre. Un berger belge, à première vue. Un mâle au poil noir et châtain. L'ombre tout autour était le sang qui avait jailli de sa gorge.

Vous l'avez trouvé quand ? demanda Luigi.

Ce matin, à l'ouverture.

Vous le laissiez ici la nuit ?

Ben oui, pour monter la garde. C'est à ça qu'il me servait.

On vous vole quoi ici ?
Tout. Même le bois.
Et cette nuit, vous vous êtes fait voler ?
Pas que je sache.
Luigi s'agenouilla et approcha une main du museau du chien. Il était jeune, il avait de belles dents. Un collier en vieux cuir, qui avait appartenu à d'autres avant lui. La gorge croûtée de sang séché. Il fouilla dans le pelage dru pour tâter la plaie.
Ils me l'ont zigouillé, pas vrai ? dit le type.
Peut-être.
Je les connais, ceux qui ont fait ça.
Non, ce n'était pas l'entaille d'un couteau. Mais une vilaine déchirure infligée par des crocs plus féroces. Luigi tâta les épaules et le poitrail du chien pour voir s'il y avait d'autres blessures, mais n'en trouva pas. Il n'y avait pas vraiment eu de combat. Il trouva en revanche deux côtes cassées, la bosse à l'endroit où elles s'étaient mal ressoudées. Et une tique sous l'aisselle grosse comme le doigt. Il examina les lieux et remarqua la chaîne, les gamelles en plastique crasseuses, les excréments dans la sciure.
Vous dites que c'était votre chien de garde... C'est vous qui l'avez dressé ?
Bien sûr.
À coups de pied et de bâton ?

Il scruta l'homme par en dessous. Il le regarda dans les yeux pour la première et dernière fois : petits, jaunes et hostiles, et c'était tout ce qu'il y avait à voir. Il se leva, regarda sa main. Le sang du chien l'avait à peine souillée.

C'est le fleuve, là-bas ? demanda-t-il.

Une clôture fermait la cour, une grille métallique toute gondolée. Derrière, un fourré envahi de broussailles et de plantes grimpantes.

Bien vu, dit le type.

Luigi s'essuya la main avec un chiffon et remplit la paperasse sur le plan de travail de la scie à ruban. Peu importait ce que l'homme était convaincu de savoir, il signa une plainte contre X. Puis un des ouvriers l'aida à mettre le chien dans une bâche et à le charger dans le Defender.

Ce soir-là il retrouva son frère dans un bar de Borgosesia, près de la gare routière. Sept ans qu'ils ne s'étaient pas vus : il le trouva amaigri, les cheveux plus longs, une moustache en guidon mais sous la moustache il était resté beau gosse, il l'avait toujours été. Le même sourire acéré légèrement bruni par le tabac. Luigi avait complètement oublié qu'il portait l'uniforme.

Non mais tu t'es regardé ! dit Alfredo.

Quoi ?

J'ai un frère dans la police.

Salut, Fredo.

Viens donc t'asseoir. Allez, joue pas les durs.

Son frère passa un bras autour de ses épaules, lui resta raide comme un balai. La dernière fois, Alfredo venait de purger dix-huit mois de prison et s'en allait changer d'air au Canada, où ils cherchaient du monde pour travailler dans les bois. Il avait vraiment l'air d'un bûcheron canadien, maintenant. Il était toute la famille qu'il lui restait.

Alerte, alerte, les frères Balma en action, dit le barman. Je dois appeler les forces de l'ordre ?

Elles sont là, les forces de l'ordre, dit Alfredo.

Qu'est-ce que je vous sers ?

Ça te dit, une spécialité locale ?

Pourquoi pas, dit Luigi.

Deux blondes et deux Canadian Club, si t'as ça.

On a ça, le Canadian Club. Je te mets des glaçons ?

Surtout pas ! Je peux plus les voir.

Il tournait donc au whisky et à la bière maintenant : avant, il descendait une bouteille d'amaro en une soirée. Il était déjà d'humeur loquace et Luigi le soupçonna d'avoir pris une longueur d'avance l'après-midi. Comme il n'avait pas mangé, la première goutte de whisky lui monta aussitôt à la tête. Sa gorge brûlait, et c'est à ça que servait la bière, à éteindre l'incendie et à passer le relais au Canadian Club.

Alfredo se mit à lui raconter son travail à l'autre bout du monde. Depuis quelque temps, il était monté en grade, il ne coupait plus les troncs mais les transportait en camion. Jusqu'à Vancouver, ça pour une ville c'est une ville, dit-il. Il parlait de la côte et voulait dire la côte de l'océan Pacifique. Il faisait la navette entre les forêts des montagnes Rocheuses et les ports industriels, où les troncs étaient chargés sur les cargos, le plus souvent pour la Chine.

La Chine ? dit Luigi.

C'est eux qui achètent tout.

Ils ont pas d'arbres en Chine ?

Qu'est-ce que j'en sais. Tu verrais les cargos…

Luigi était de ceux qui tendaient à penser que, dans la vie, nul ne changeait vraiment, mais sept ans, ça n'était pas rien. Peut-être était-il possible de changer, ne serait-ce qu'un peu, quand on passait sept ans aussi loin de chez soi ? Il but une gorgée de whisky et une autre de bière, il commençait à prendre le pli, pendant qu'Alfredo décrivait l'arsenal avec lequel ils rasaient des pans entiers de montagne. C'étaient pas des tronçonneuses qu'ils avaient, ils fauchaient des bois comme si c'étaient des champs de blé. Et ces routes de la Colombie-Britannique avec une station essence tous les cent kilomètres et rien d'autre que des lacs et des fleuves au milieu.

Regarde-le-moi, se dit Luigi : à douze ans il gardait les moutons à Fontana Fredda, à vingt-sept ans il faisait de la prison pour coups et blessures aggravés, et à trente-cinq ans voilà qu'il sillonnait la côte canadienne en camion. Il irradiait d'une bonne humeur qui, dans un bar du bas de la vallée en novembre, était comme une chemise hawaïenne. Il se surprit à éprouver de l'affection pour lui, même s'il doutait qu'il eût changé.

Et toi ? dit Alfredo. Tu t'étais pas lancé dans le travail du bois ?

J'ai essayé.

Et ?

Et rien. Entre le crédit et les taxes, on se faisait presque dépouiller.

C'est pour ça que t'es passé dans le camp des voleurs ?

Oh ça va, la ramène pas.

Je déconnais.

Faut pas croire que je fais ça par plaisir hein. Mais la paye est pas dégueulasse.

Ah ça ! C'est quoi l'arme que t'as ?

Un Beretta 92.

Moi aussi j'ai une arme dans le camion, tu sais ? Un Glock. Pour les ours.

C'est ça, ouais.

Et avec ta femme, ça va ?

Ça va, oui.

— Ben alors !

Des gens entraient dans le bar, Luigi remarqua qu'ils les regardaient. Il vit la scène telle qu'eux la voyaient : un garde forestier en uniforme avec un homme patibulaire aux cheveux longs, quatre verres vides sur le comptoir. Pendant que le barman servait la deuxième tournée, il dit à Alfredo qu'il allait dans la voiture prendre ses cigarettes.

Il y avait une cabine téléphonique sur le trottoir en face. Il y entra, chercha de la monnaie et fit le numéro de la maison. Elisabetta ne répondit pas. Pendant une minute, Luigi écouta le téléphone sonner dans le vide. Il savait très bien pourquoi elle ne décrochait pas. Il allait devoir trouver un endroit où dormir pour son frère. Mais il y avait le temps, il n'était pas neuf heures. Il alla dans sa voiture, pas le Defender de service mais sa vieille Suzuki, enleva sa veste et son ceinturon, enfila le manteau de chasse qu'il gardait à l'arrière. Cacha le pistolet au fond de la boîte à gants. Avant de ressortir, il se regarda dans le rétroviseur, se frotta les yeux sous la lumière crue de l'habitacle. Tu me promets que tu boiras pas trop ? avait-elle dit. Elle lui avait pris la main et l'avait portée à son sein. Il imagina le téléphone qui sonnait et elle, assise dans la cuisine, qui le laissait sonner.

Il regagna le bar, où Alfredo discutait avec les deux hommes qui venaient d'entrer. L'alarme dans la tête de Luigi s'alluma : son frère seul au comptoir et les deux à une table. Puis il comprit que les deux discutaient, Fredo suivait simplement la conversation. Des visages familiers sur lesquels il aurait pourtant été incapable de mettre un nom.

L'un dit : Demande voir, si tu me crois pas !

Et l'autre : Oh arrête.

Luigi se dirigea vers sa bière fraîche, la mousse qui dégoulinait. La conversation semblait amuser Alfredo. Il les tira d'embarras et dit : C'est quoi cette histoire de loup qui se balade et trucide les chiens ?

Qu'est-ce que t'en sais que c'est un loup ? demanda Luigi.

À moitié chien, à moitié loup, dit l'un des deux.

Des histoires d'ivrognes.

Si c'est pas ça, c'est quoi ?

Un puma.

Alfredo éclata de rire. Luigi tira son tabouret et s'assit entre eux et lui. Un vieux réflexe.

Ça vous fait rire, chef…

C'est peut-être un chien qui a été dressé exprès, non ?

Un chien de combat ? fit l'autre.

Tu l'as dit.

Dans la Valsesia ?

Quelle nouveauté.

Cette fois, Luigi but une grande goulée de whisky. Sa gorge ne le brûlait plus. Il sortit ses cigarettes et tourna le dos aux deux hommes, qui finirent par les laisser tranquilles.

Et il les tue comment ? murmura Alfredo.

Avec le pouce, Luigi fit le geste de l'égorgeur.

Des chiens errants ?

Non, non. Aujourd'hui, c'était un chien de garde.

Eh bien.

Une belle bête. Des bergers, des gardiens.

Des chienchiens à son maîmaître.

Si tu veux le voir comme ça.

C'est lui qui le voit comme ça.

Lui qui ?

Alfredo dégaina son sourire torve. Il portait un gilet en jean et une chemise épaisse dont il défit les boutons. Il se pencha vers son frère comme pour lui montrer un secret, et découvrit son épaule gauche : sur le bras, il avait une tête de loup tatouée. Des muscles nerveux, nota Luigi. Qui sait s'il soulevait des poids ou s'il se les était faits en abattant les arbres. Le museau du loup s'étirait sur le biceps, ses yeux le fixaient du deltoïde, les oreilles disparaissaient sous le marcel. Pas un de ces loups tout pelés comme il en rôdait dans les Alpes, maigres et prudents comme des voleurs. Un loup du Grand Nord, le pelage fourni et le regard fier, qui le toisait du bras de son frère.

Ça alors, dit Luigi. C'est du beau boulot.
Tu sais qui me l'a fait ?
Non, qui ?
Une Indienne.
Vous avez les Indiens au Canada ?
Encore quelques-uns, oui.
Et ce serait lui qui en a après chienchiens à son maîmaître ?

Alfredo fit disparaître son bras dans sa manche. Il ne reboutonna pas sa chemise. Il la laissa ouverte, se redressa sur son tabouret et caressa sa chope avec un air fourbe.

Il dit : On parie ?
Quoi ?
Moi je dis que c'est un loup.

Luigi pensa : La nuit va être longue. Il sentit à nouveau l'odeur pestilentielle du chien mort qui avait imprégné le Defender tout l'après-midi. Il chercha son whisky et ne trouva que le fond de son verre.

Il se réveilla sur un canapé défoncé, enroulé dans une couverture, et la première odeur qui parvint à ses narines fut celle du poêle qui chauffait. Odeur d'enfance. Il distingua le vieux frigidaire, l'évier, la fenêtre qui donnait sur le bois, se redressa pour s'asseoir, et la tête lui tourna comme un radeau au milieu des vagues. C'était bien la maison de son père. Fontana Fredda. Il se souvint que, dans la nuit, la solution avait jailli de son ivresse dans un moment de lucidité soudaine. Sur le poêle, il y avait la cafetière, et sur les lattes du plancher les traces du passage d'un rat. Ils n'avaient plus touché à rien, là-dedans. La couverture puait le moisi et le rat, n'ayant rien trouvé à manger, y avait fait un trou. Tu parles d'une putain d'idée, pensa-t-il. Dans sa bouche il avait un cendrier noyé dans la bière rance. Il se traîna jusqu'à la salle de bains pour se remettre d'aplomb.

Dehors, les pâturages de novembre étaient brûlés par le gel. Seulement un doigt de neige à l'ombre des murets en pierres sèches et au fond des canaux d'irrigation. Les nuages caressaient les bois, s'effilochaient par bouffées entre les arbres. Plus de ciel que de terre, autour de la maison.

Luigi se remplit les poumons de cet air. Il but une gorgée du café paternel : après un an dans le bocal, il n'avait pas totalement perdu de son goût. Il vit la Suzuki garée devant et Alfredo assis sur le banc contre le mur. Il semblait ne pas avoir dormi. Emmitouflé dans une couverture, il fumait et observait les deux arbres à côté de la maison. Un mélèze et un sapin, de trente-sept et trente-cinq ans : le vieux les avait plantés quand ils étaient nés. À 1800 mètres d'altitude, ils avaient poussé lentement, et c'est à peine s'ils dépassaient le toit.

Luigi s'approcha sans s'asseoir. Il avait eu sa dose d'intimité la nuit dernière.

Alfredo toussa. Cracha un mollard et dit : Ta femme veut pas de moi chez elle, c'est ça ?

Tu te trompes.

C'est toujours moi qui me trompe.

Elle est enceinte.

Je sais, tu l'as déjà dit.

Il ne se rappelait pas le lui avoir dit. Après le deuxième bar, c'était le trou noir. Il pouvait bien croire ce qu'il voulait, de toute façon. Il but une autre gorgée de café et observa le mélèze : il n'y avait pas longtemps qu'il avait perdu ses aiguilles, qui étaient éparpillées au sol, couleur cuivre. Il poussait droit, s'était débarrassé de ses branches les plus basses et se hissait pour chercher la lumière. Le sapin en revanche était recouvert d'aiguilles sombres, le tronc caché sous sa frondaison. Le vieux devait avoir réfléchi à la distance à laquelle les planter : à leur âge, les branches des deux arbres se frôlaient, bientôt elles allaient s'entremêler.

Luigi dit : Le notaire, c'est demain à Varallo.

Ugh, dit Alfredo.

Si tu veux, je peux te réserver une chambre là-bas pour la nuit.

Comme ça je pourrai pas me défiler.
Exactement.
Il y a un truc que je serais quand même curieux de savoir...
Quoi ?
Tu comptes faire quoi de ce taudis ?
Luigi leva les yeux vers la maison. Le grenier en briques creuses que personne n'avait pris la peine de recouvrir. Les gouttières de travers, les plaques de tôle qui rapiéçaient le toit. Elle avait toujours été dans cet état, d'aussi loin qu'il se souvienne.
On va s'y installer, Betta et moi, dit-il.
À Fontana Fredda ?
Avec la petite, il nous faudra plus grand. Et Betta n'en peut plus d'habiter en bas dans la vallée.
Elle veut venir habiter ici ?
Non mais t'as vu le ciel qu'il y a. On n'est pas mieux ici plutôt que là-bas dans le noir ?
Toute la vallée à leurs pieds était encore dans l'ombre. Il y avait de la neige sur les crêtes lointaines, et ces nuages effilochés dans les couloirs rocheux. Odeur de feu, d'étable et de foin séché.
C'est de la folie, dit Alfredo.
Peut-être.
T'as dit que c'était une fille ?
Betta en est persuadée.
Si elle le dit.

Luigi alla poser sa tasse et les trois marches du perron lui redonnèrent le mal de mer. Il fallait pourtant qu'il s'active car c'était bientôt l'heure de reprendre du service. Il vérifia les poches de sa veste et trouva son portefeuille, un paquet de cigarettes froissé, quelques pièces qui traînaient et les clés de chez lui, mais pas celles de la Suzuki. Il regarda sur et sous le canapé puis, penaud, retourna voir son frère dehors.

Les clés de la voiture ?

Elles sont dans la voiture.

Ah. Tu descends avec moi ?

Non, je vais rester par ici un moment.

T'es sûr ?

C'est encore aussi chez moi, que je sache ? En tout cas aujourd'hui.

Et de nouveau, Fredo l'émut tout à coup. Il restait peut-être cloué sur le banc parce qu'il ne tenait pas debout, mais ça ne l'empêchait pas de continuer à jouer les durs.

Luigi dit : Si tu veux prendre quelque chose, te gêne pas.

Que veux-tu que je prenne ?

Je sais pas moi, un souvenir.

Si ça tenait qu'à moi, j'y foutrais le feu, à cette baraque.

Eh bien, t'avise pas d'y foutre le feu aujourd'hui, s'il te plaît, c'est pas le jour.

Il monta dans la voiture. Les clés étaient sur le tableau de bord et il préféra ne pas se demander lequel des deux avait conduit jusqu'ici. Il mit le contact et alluma le chauffage. Il regarda dans le rétroviseur, s'assura que son frère ne le voyait pas, puis se pencha pour ouvrir la boîte à gants. Il eut un haut-le-cœur en baissant la tête, mais le pistolet était toujours là.

Il était presque arrivé au poste quand il entendit les hélices d'un hélicoptère, il regarda dans le ciel à travers le pare-brise et vit l'engin survoler la vallée. Il transportait quelque chose au bout de son treuil qui, sur le coup, lui sembla être un animal. Il tourna au feu, entra dans le parking et trouva l'inspecteur adjoint le nez en l'air, à côté du pick-up couvert de boue d'un groupe de chasseurs. L'hélicoptère amorçait sa descente. Luigi l'observa : l'habitacle éclatant, le câble d'acier tendu et un gros cerf pendu par les pattes arrière, les pattes avant raides devant lui, les bois qui se balançaient. Quand il fut à vingt mètres du sol, le vent des hélices balaya les feuilles mortes du parking. L'inspecteur adjoint gesticula à l'intention du pilote pour l'aider à viser le plateau du pick-up, et pendant que le cerf descendait, Luigi vit qu'il avait le ventre ouvert jusqu'au sternum. Ils l'avaient déjà éviscéré. Les chasseurs lui calèrent la tête dans un coin, les bois dépassant d'un côté de la benne. Ils libérèrent le treuil, l'animal se tassa en tombant, et sitôt après l'hélicoptère était déjà une mouche lointaine.

Ils purent alors se détendre et fêter leur butin. Le chanceux était le plus jeune des trois, un visage glabre d'enfant par-dessus le treillis, et l'homme qui lui envoyait de grandes claques sur les épaules pouvait être son père. Luigi observa les andouillers de l'animal : les pointes blanches et usées par la vie dans les bois, il en compta huit de chaque côté. Un mâle dans la fleur de l'âge qui le matin à l'aube bramait aux femelles en chaleur, loin de se douter que quelqu'un l'avait dans le viseur.

Les tracasseries du jour : un autre chien crevé, et les analyses des eaux du fleuve qui étaient tombées. Une quantité de solvants chimiques à dissoudre les cailloux empoisonnait la Sesia bien avant qu'elle ne baigne les rizières.

Au poste, l'adjoint enregistrait la prise. Un des chasseurs demanda : Alors, vous l'avez bouclé, le tueur de clébards ?

Pas encore, dit Luigi.

Et comment vous comptez faire ?

Il finira peut-être par changer de vallée.

On devrait organiser des battues. C'est nous qui le pincerons.

En hélicoptère ?

Oh, mais vous avez vu la bête, chef ? Pour la descendre, c'était soit ça, soit on la débitait en morceaux.

Et il vous a coûté combien ce gadget ?

Rien.

Comment ça, rien ?

C'est un client qui m'a rendu un service.

Ma foi, il mérite quelques saucissons.

La discussion était passionnante mais l'inspecteur en chef les coupa. Inspectrice, en vérité, même si elle ne tolérait pas qu'on l'appelle comme ça. Cela faisait six mois qu'elle avait été envoyée ici et les plaisanteries sur le fait d'avoir une femme aux commandes s'étaient essoufflées au bout d'une semaine. Dans l'embrasure de la porte, elle dit : Balma, tu peux venir une minute ?

Luigi se passa la langue sur les gencives, qu'il trouva crayeuses. Il alla dans la pièce à côté, où une carte au 1 : 25 000 était étalée sur le bureau de l'inspecteur. Un coup d'œil lui suffit pour reconnaître Fontana Fredda : la carte de l'Institut géographique militaire indiquait le tracé de la nouvelle installation de remontées mécaniques, dont le chantier devait démarrer au printemps.

C'était la première fois qu'il l'avait sous les yeux. Le projet prévoyait un télésiège, une station de départ et une autre d'arrivée, une route de service, trois pistes de ski. Ils en parlaient depuis des lustres, à la Région. Plan de développement touristique intégré. Pour le moment, ce n'étaient que des lignes tracées au feutre par un géomètre.

T'es du coin, toi, n'est-ce pas ? dit le chef.

J'y suis né.

Et t'y retournes de temps en temps ?

Le dimanche, parfois.

Alors explique-moi ce qu'on a comme bois ici.

L'inspecteur montrait du doigt les terrains que l'installation traversait. La conception du projet avait été l'affaire des géomètres, le financement celle des politiques, mais pour déboiser, il fallait encore que ça passe par eux. Luigi s'approcha de la carte. Il plissa les yeux et son supérieur s'en aperçut.

Tu les veux ? dit-il en lui tendant ses lunettes de lecture.

Luigi les mit. Il se sentait idiot, avec ces verres sur le nez, mais il vit à nouveau les lignes isométriques. Il posa le doigt à gauche du télésiège, et dit : Celui-là s'appelle Bosco di Fontana Fredda, le bois de Fontana Fredda. C'est un bois naturel, mélange de sapins et de mélèzes. Les plantes les plus anciennes doivent avoir dans les deux cents ans. C'est que des propriétés privées.

Les propriétaires ?

Va savoir. Une vingtaine d'héritiers différents qui habitent en France et en Belgique. Par contre, dès qu'on veut abattre un arbre, il y en a toujours un pour se pointer et dire *ça c'est à moi*.

Il indiqua ensuite le bois à droite du télésiège, où passait la piste principale. Elle dessinait d'amples courbes pour le bonheur des futurs skieurs. Il dit : Ça, c'est le Bosco Bruciato, le Bois Brûlé. Il y a eu un incendie, au début du siècle. C'est une propriété coopérative, ils avaient replanté du mélèze pour en faire un bois de pâturage, mais la dernière fois que j'ai vu un troupeau paître dans ce coin j'étais en culottes courtes.

L'inspecteur en chef sourit. Il imaginait probablement l'agent Balma en culottes courtes.

Qui l'appelle Bosco Bruciato ?

Ma foi, je suis peut-être le seul maintenant.

Il y a combien d'habitants à Fontana Fredda ?

Sept. Si personne n'est mort aujourd'hui.

Eh bien, il va y avoir du changement là-haut.

On espère bien.

Sa gueule de bois le rendait sentimental. Et aussi cette femme qui lui inspirait une confiance instinctive. Il indiqua la station d'arrivée du télésiège, en haut, près du torrent, et dit : Mon père m'emmenait poser des pièges ici.

Des pièges ?

Des pièges à lacets et à appâts.
Pour attraper quoi ?
Des renards. Des martres. N'importe quoi.
Il braconnait ?
Comme tout le monde. Une peau, ça nous faisait à manger pour la semaine.
Tu les as plus ces pièges, rassure-moi ?
Non, je les ai bazardés.
On va dire que je te crois. Et c'est laquelle, ta maison ?
Celle-là, dit Luigi. Il posa l'index sur un petit point au milieu des pâturages. Elle était là, la maison de son père, haute et isolée. Même à Fontana Fredda il avait été incapable de vivre à côté des autres et l'avait construite en dehors du hameau, précisément au bord de la piste qui n'existait pas encore.

Il passa à la Croce Bianca peu avant une heure, l'heure à laquelle les manœuvres étaient déjà au café et où quelques routiers débarquaient à la dernière minute, alléchés par la pancarte écrite à la main au bord de la route. Menu unique – entrée, plat, café – neuf mille lires. Plats du jour : polenta et chevreuil, tagliatelles à la bolognaise de sanglier, truite en papillote et pommes de terre. La table près de la fenêtre était libre et il s'y installa même s'il n'avait pas faim, de toute façon, même s'il avait eu faim l'envie lui serait passée maintenant qu'il savait ce qu'il y avait dans les truites. Et c'était pas non plus comme si les chevreuils s'abreuvaient sur Mars. Il prit une tranche de pain dans la corbeille, plus pour mastiquer qu'autre chose, et regarda les rares voitures qui passaient devant le restaurant en cet automne. Il s'efforçait de se rappeler ce qu'ils avaient fait pendant la nuit. Plusieurs bars lui revenaient en mémoire, le loup de son frère qui surgissait parfois, jusqu'à ce qu'il enlève sa chemise pour de bon et reste en marcel. De quoi avaient-ils parlé ? De la mort du vieux, assurément. De comment ça s'était passé et de l'état dans lequel il était et de comment ils l'avaient transporté. Alfredo ne savait pas pour la piste de ski et Luigi s'était bien gardé de l'informer. Il se demanda soudain s'il n'était pas en train de l'arnaquer. Non, il ne l'arnaquait pas. Fredo n'était même pas rentré pour l'enterrement. S'il avait voulu la lui faire à l'envers, il ne serait pas allé le chercher au Canada et aurait gardé la maison pour lui au lieu de lui proposer cinq millions pour la moitié de ce taudis. C'était de l'argent qui tombait du ciel, il n'avait qu'à venir le chercher. Si Luigi sentait qu'il n'était pas tout à fait honnête, il faisait en tout cas du mieux qu'il pouvait.

Les incendies : voilà de quoi ils avaient parlé à un moment donné. Au Canada, les incendies aussi étaient énormes. Dans la Valsesia, au contraire, tout était en modèle réduit, et il suivit du regard un tracteur qui quittait la grand-route et bifurquait sur un chemin à travers champs, le panneau de sens interdit grêlé de plomb.

Tiens, un revenant, dit Elisabetta.

Hé, dit Luigi.

Il trouva qu'elle était de loin ce qu'il y avait de plus beau dans sa journée : même avec ce tablier Campari Soda, son petit carnet de commandes dans la main. Il tendit la sienne vers elle et lui caressa une hanche, mais à peine, car il savait qu'au restaurant elle ne voulait pas de simagrées. Elisabetta ne lui rendit pas son geste.

Qu'est-ce que je te sers ?

Elles sont comment les patates ?

Au four.

Alors va pour les patates au four.

Et avec ça ?

Une bière.

Rien que ça. Le petit-déjeuner des champions.

Elle nota patates dans son carnet et débarrassa l'assiette et les couverts en trop sur la table. Il l'observa transmettre la commande en cuisine, aller au comptoir lui tirer la bière, revenir en cuisine chercher son assiette. Après une nuit avec son frère, il lui semblait incroyable d'être marié à une femme comme elle. Les manœuvres la passaient aux rayons X à chacune de ses allées et venues.

Elisabetta le servit et s'assit en face de lui.

Elle lui dit : Je te vois, ce soir ?

Luigi haussa les épaules.

Je dois tenir mon frère à l'œil jusqu'à demain. Tu sais comment il est.

Où est-ce que tu l'as laissé ?

À Fontana Fredda. S'il n'est pas descendu à pied.

Vous avez dormi là-haut ?

Dormi…

Mais tu penses à moi, des fois ? Je me suis fait un sang d'encre.

Elle avait haussé le ton sans le faire exprès et des clients la regardaient. Luigi resta sans rien dire, il avança une main au milieu de la table. Il l'ouvrit comme pour implorer. Elle la regarda, un peu tiraillée, puis capitula et tendit la sienne. Ils se les serrèrent, et il lui dit qu'il était désolé, elle qu'elle était incapable de lui en vouloir plus de deux minutes.

Il y a beaucoup de travail aujourd'hui ?

La routine. Des cadavres de chiens à récupérer et la patrouille.

Il la sentit serrer plus fort. Sa main était un peu moite, comme chaque fois qu'Elisabetta était nerveuse.

Elle lui dit : Je les ai vus, tu sais ?
Qui ça ?
Les chiens.
Quels chiens ?
Il n'y en a pas qu'un. Ils sont deux.
Tu les as vus où ?
Au fleuve.
Comment ça au fleuve ?
Luigi se redressa sur sa chaise. Il garda sa main dans la sienne et se fit tout ouïe.
Elle dit : Ce matin j'ai pris peur en voyant que tu n'étais pas rentré. Alors je suis allée au fleuve, dans le coin où on allait. J'y vais quand j'ai besoin de me calmer. Je suis entrée dans l'eau et à un moment donné j'ai vu deux chiens qui me regardaient.
Luigi imagina sa femme, enceinte, entrant dans les eaux glacées et polluées de la Sesia. Depuis quand faisait-elle ça ? Il préféra affronter l'autre problème, qui lui paraissait plus simple.
Comment ils étaient, les deux chiens ?
Il y avait une femelle. Plus petite, blanche. Le mâle était costaud et gris. Elle portait un collier, pas lui.
Ça pouvait être un loup ?
Je sais pas.
Une cloche retentit en cuisine et Elisabetta se tourna. J'arrive, dit-elle. Elle lâcha la main de Luigi.

Comment ça, tu sais pas ?
Pardon, mais à quoi tu reconnais un loup ?
Tu le reconnais, crois-moi.
Ça change tant que ça ?
Oh oui, beaucoup même !
Elle y repensa. Essaya de se repasser la scène pendant que Luigi réfléchissait. Il se dit que depuis que le monde était monde, jamais on n'avait vu des chiens se balader avec des loups. Et puis les loups se déplacent la nuit, les chiens le jour. À moins que tout ça ne veuille plus rien dire, vu que les cerfs voyagent par les airs maintenant.
Je dirais que c'était un chien, dit-elle.
Tant mieux, dit-il.
Il faut que j'y aille.
Elisabetta se leva. Lui donna une caresse rapide sur l'épaule. Luigi avait la gorge sèche mais il attendit d'être seul pour prendre son verre. Il en descendit aussitôt la moitié cul sec. La bière alla directement finir là où il avait besoin d'elle.

Elle avait beau être petite, sa vallée, il en découvrait encore des coins. Il descendit de la berge, laissa l'homme passer devant et observa le paysage de peupliers et de bouleaux, une cuvette où la Sesia formait une anse, entre les bancs de gravier façonnés par le courant. Maintenant qu'il était à sec, le fleuve se divisait en formant des îlots et des plages. Dix ans en arrière, il y aurait bien emmené Elisabetta se baigner, mais pour les baignades, il y avait un temps dans la vie, un temps qui passait sans qu'on se l'explique. Après venait celui des enfants, des maisons à acheter et rénover, des avantages d'un travail salarié. Ici et là une croûte de neige bordait le fleuve, et dans la neige, en suivant l'homme, Luigi trouva le sang du jour.

Le rottweiler avait la gorge en charpie, comme les autres chiens. Mais contrairement à eux celui-ci s'était battu, il avait des blessures conséquentes sur les épaules et le museau. Sa gueule aussi était couverte d'un sang qui était peut-être le sien, ou peut-être pas : ce chien-là pouvait avoir mordu son assassin. La lutte s'était déroulée sur quelques mètres de neige remuée. Brève et violente, entre le clapotis de l'eau et les bouleaux.

Luigi ramassa le collier lacéré par les crocs. Il en fallait, de la force, pour déchirer le cuir.

Vous avez assisté à la scène ? demanda-t-il.

Non, dit le type. On est arrivés trop tard.

Vous faisiez quoi ici, à vous promener avec un molosse pareil ?

Ce que vous, vous faites pas.

C'était un homme qui avait pleuré et Luigi préféra ne pas en rajouter. Il l'abandonna là, avec son chien mort, et suivit les traces de l'autre qui s'éloignaient dans la neige. Il remonta le fleuve un moment, glanant les indices qu'il voyait : c'était un chien de taille moyenne, pas un colosse. Il saignait et boitait. Il devait remercier le rottweiler qui y avait laissé sa peau mais leur avait simplifié le travail. Au bout d'une centaine de mètres, des empreintes plus menues se joignaient aux premières, et Luigi repensa à ce qu'Elisabetta lui avait raconté. C'était la femelle blanche. Ses traces suivaient celles du mâle et le sang qu'il perdait. Elles continuèrent emmêlées jusqu'au passage à gué et Luigi s'arrêta pour observer devant lui.

Le fleuve en amont s'encaissait dans la vallée, se resserrait et se transformait en un torrent. Les rives devenaient plus escarpées et n'offraient plus beaucoup d'issues. C'était un passage délicat pour un animal blessé. Un bon chasseur n'aurait aucune peine à le débusquer.

En descendant la grand-route, il vit une moto sans plaque garée devant un bar. Son pied alla tout seul se poser sur la pédale de frein. C'était la Fantic blanche et rouge, une moto trial avec laquelle ils roulaient à travers champs quand ils étaient jeunes, remisée depuis des années dans l'étable du vieux. Lui aussi avait essayé plusieurs fois de décrasser le carburateur et changer les bougies, mais la mécanique n'avait jamais été son fort. C'était Fredo qui savait y faire. Luigi n'en avait aucune envie mais il dut accoster, descendre de voiture, inspirer un bon coup et entrer dans ce fichu rade.

Oh, le bon frère, dit quelqu'un.

Et un autre : Je t'avais dit qu'il rappliquerait.

Il reconnut le type surnommé Johnny, les coudes solidement vissés au comptoir. À côté de lui rien de moins que René des Piode. Alfredo fermait le rang devant un verre de Baileys : il encaissait bien, son frère, il fallait le reconnaître. À quatre heures de l'après-midi, il n'avait pas encore tombé la chemise mais se baladait avec une hache à la ceinture.

T'as ressuscité la Fantic, lui dit-il.

Tu m'avais dit que je pouvais prendre un souvenir.

Je veux bien, mais t'as pas de plaque.

C'est l'affaire de deux jours. Le temps de passer devant le notaire, tu te rappelles ?

Alfredo lui fit un clin d'œil et ses deux compagnons ricanèrent. Une plaisanterie fusa que Luigi fit mine de ne pas entendre.

Il dit : Tu peux venir à côté, que je te parle ?

Bien sûr.

Il le conduisit dehors par la sortie de service, une porte avec un rideau antimouche. Ils se retrouvèrent dans une cour de ferme : à l'avant, le bar avait une enseigne de pub irlandais et le logo de Guinness, à l'arrière, un poulailler, deux sacs de fourrage, les vieilles latrines qui servaient encore de toilettes pour les clients.

Alors, dit Luigi, tu peux pas rester tranquille deux jours ? Qu'est-ce que tu fabriques avec cette hache ?

J'y tiens, dit Alfredo.

Tu peux pas te balader comme ça. Tu vas t'attirer des ennuis.

Tu croyais que personne me dirait pour la piste ?

Quelle piste ?

Tu sais très bien de quoi je parle.

C'est eux qui t'ont dit ?

Le bon frère !

Alfredo éclata de rire. Luigi remarqua que son cœur s'affolait. Il aurait fait un piètre joueur de poker, incapable de bluffer. Il prit ses cigarettes, tapa le paquet sur le dos de sa main, deux en sortirent.

Alfredo en prit une et la coinça entre ses lèvres. Il savoura ce moment de revanche, le rouge aux joues de son frère. Puis il dit : Tu sais, j'en ai rien à carrer, tu peux te la garder la baraque. Tu la mérites. Je regrette juste que tu me racontes des craques.

Comment ça, je te raconte des craques ?
Qu'est-ce que tu comptes en faire, en vrai ? Un beau bar avec vue sur les pistes ? Ou tu veux revendre tout de suite derrière ?
Je revendrai pas. Betta et moi allons y habiter.
Et après ?
Je sais pas encore.
Arrête, je t'imagine bien. Un beau bar avec vue sur les pistes. Reconnais que tu veux te faire une place.
Luigi le fit allumer et le regarda en face. À la flamme du briquet, Fredo avait le front brillant et les pupilles dilatées. Qui sait depuis quand il buvait, il n'avait peut-être pas arrêté depuis hier. Voire encore avant.
T'as retrouvé tes vieux compères, dit Luigi.
Ceux qui sont pas morts.
T'as des plans pour la soirée ?
Tu continues à te faire du mouron. J'y serai chez ton notaire, t'inquiète.
Tu veux pas que je te conduise à l'hôtel ?
Non.
Ils fumèrent. L'agent Balma se sentait totalement désarmé à présent. Quatre heures de l'après-midi, son frère qui ne dessaoulait pas depuis deux jours, une énième nuit de novembre qui tombait. Une partie de lui ne demandait qu'à enlever son uniforme et à rejoindre le trio au comptoir.

Tu sais ce que je voudrais, plutôt ? dit Alfredo.
Quoi ?
Que mon frère me serre dans ses bras. Ou qu'on se batte à coups de poing, c'est toi qui vois. N'importe quoi pourvu que ce soit vrai.

Avec ses yeux imbibés d'alcool, Fredo le fixa. Des yeux hagards, mais pas féroces. Des yeux d'un homme plus honnête que lui. Heureusement un client sortit pisser et Luigi put détourner le regard.

Ce soir-là une mission de vrai flic l'attendait, il était de patrouille avec l'inspecteur adjoint au péage de Romagnano. Pas mal, pour quelqu'un qui avait conduit en état d'ivresse toute la nuit. Sauf qu'à la sortie de l'autoroute, ce n'étaient pas les ivrognes qu'ils cherchaient, mais les déchets toxiques qui empoisonnaient le fleuve : s'ils ne tombaient pas du ciel, il fallait bien qu'ils entrent d'une façon ou d'une autre.

Un camion franchit le péage, il transportait des déchets de chantier et l'adjoint lui brandit son disque de signalisation. Il freina dans un sifflement, rétrograda, se rangea derrière le Defender tel un docile pachyderme. Il venait de la province de Milan, direction la déchetterie. Ils en arrêtaient constamment, des comme lui : en ville ils démolissaient les usines et les vallées se retrouvaient avec des tonnes de gravats sur les bras. Pendant que l'adjoint contrôlait le bon d'expédition, Luigi se hissa sur un côté de la benne. Il alluma sa torche, la cala entre ses dents et la pointa sur la cargaison. Ciment, briques, aggloméré, le tout, d'après ce qu'il pouvait voir, broyé en une mixture grise, et mélangé aux substances absorbées pendant des décennies de production. Il utilisa des gants pour remplir trois sachets plastiques qu'il étiquetterait puis enverrait au laboratoire. Les déchets finiraient dans les carrières de la vallée, épuisées et transformées en décharges : le gravier et le sable retournaient là d'où ils étaient venus, juste un peu plus amochés qu'avant, exactement comme les travailleurs désœuvrés devant leur verre. Luigi sauta au bas de la benne, mit de côté les échantillons et ils laissèrent repartir le malheureux chauffeur, qui mourait de sommeil.

À sept heures la radio du Defender grésilla, et l'adjoint répondit. Les carabiniers d'Alagna demandaient du renfort. Dans un bar du haut de la vallée ils avaient un blessé grave à terre, le crâne défoncé. Vivant, en tout cas pour l'instant. Ils le prenaient en charge en code rouge. L'agresseur était un homme d'une quarantaine d'années, identité inconnue, aperçu en train de fuir à moto.

Il est parti quand ? demanda l'adjoint.

Il y a un quart d'heure environ, dit la radio.
La plaque ?
Y a pas de plaque. C'est une moto cross blanche et rouge.
Avec quoi il l'a agressé ?
Une hache de bûcheron.
Bon sang, pensa Luigi.

Il prit le volant, sans qu'il y ait à discuter : il quitta le péage, mit le gyrophare et s'engagea sur la grand-route qui, sur ce tronçon, scindait la plaine en deux. Dans la ligne droite, il accéléra jusqu'à quatre-vingt-dix kilomètres à l'heure. Il y en avait soixante jusqu'à Alagna, il les connaissait un par un, et moitié moins pour arriver à Varallo avant la moto. Après, la route partait dans trop de directions pour savoir celle qu'elle prendrait. Mais jusqu'à Varallo, il n'y en avait qu'une, c'était un cul-de-sac : avec un seul barrage policier ils quadrillaient la vallée entière.

Une hache en pleine tête, dit l'adjoint, il manquait plus que ça.
C'est parce que t'as pas connu le bon vieux temps.
Allons donc ! C'est quoi, un sport traditionnel ?
Plus ou moins.

La vitesse lui imposait des pensées élémentaires. Laisser passer cette paire de phares, se déporter sur la gauche, doubler un camion, se ranger. Contrôler que les voitures de l'autre côté s'arrêtaient au feu et foncer tout droit. Serravalle, Borgosesia, le pont au-dessus du fleuve. Et en même temps : pourvu qu'il ne meure pas, pourvu qu'il ne meure pas. Une tentative d'homicide c'est pas un homicide. S'il n'y est pas allé avec la lame, ça peut même passer pour de simples coups. Fredo savait se servir d'une hache. S'il avait voulu le tuer, il l'aurait tué.

La Fantic arriva tous feux éteints, l'ampoule était grillée depuis des années. Sur le tronçon sans éclairage avant Varallo, il traça à côté de lui comme une grimace. Le visage de son frère en un flash : l'œil n'eut pas le temps de transmettre l'image au cerveau que l'image était déjà passée. Le pied écrasa le frein et le bras tourna le volant au maximum.

C'est lui ? dit l'adjoint cramponné à la poignée. Luigi ne répondit même pas. Il sortit dans les prés, braqua à gauche, et reprit la route en sens inverse. Il avait raté le moment, il avait deux ou trois cents mètres à rattraper.

C'étaient vraiment des frères, maintenant. Fredo en tête, penché au-dessus du guidon, les cheveux au vent, et Luigi le pied au plancher et le gyrophare allumé. En train de descendre leur vallée à toute berzingue, sur une route qu'ils connaissaient les yeux fermés. Tu voulais quelque chose de vrai ? Te voilà servi.

La Fantic s'en tirait bien dans les virages, mais quand la vallée commença à s'aplanir, le Defender regagna du terrain. Ce tas de ferraille ne pouvait pas monter à cent à l'heure. Il était dans le cône de ses phares maintenant, il distinguait le dos d'Alfredo ; et quand Alfredo sentit en plus le bleu du gyrophare sur ses épaules, il décida de changer de stratégie et fonça à droite à la première ouverture. Luigi le suivit à travers un parking poids lourds, puis sur une petite piste entre deux hangars. Passé les hangars, au milieu des champs, ils avancèrent dans l'obscurité.

Comment il peut conduire dans le noir complet ? entendit-il l'adjoint demander.

Il est tellement cuit qu'il y voit, pensa-t-il sans desserrer les dents.

La piste se terminait à la lisière d'un fourré, c'était à nouveau le maquis qui longeait le fleuve. Elle devenait un chemin dans lequel Alfredo put s'engouffrer, Luigi en revanche n'eut d'autre choix que de s'arrêter. À droite et à gauche il y avait les champs, devant ce bois. Fin de la course.

Bordel, dit l'adjoint.

Au fond, c'était l'excuse que Luigi attendait pour le laisser filer. Il mit les plein phares et parvint encore à deviner son frère qui disparaissait au milieu des arbres. Adieu, Fredo. Il pensa que c'était la dernière fois qu'il le voyait, puis il passa en marche arrière pour retourner au poste.

Il était encore assis devant une bière et un whisky, cette nuit, quand il se rappela les incendies qu'Alfredo lui avait racontés. Dieu sait dans quel bar de la vallée, ou peut-être dans la voiture, dans ce lieu désormais au-delà de la cuite, un lieu de présence et de lucidité absolues, mais dans une autre dimension. Celle où l'on pouvait conduire dans la nuit noire. Et pendant que son frère racontait, lui voyait : il vit la forêt canadienne en flammes, il la vit brûler tout l'automne, jusqu'au jour où la neige parvenait à couvrir le feu. Neige abondante de novembre à avril. Un hiver de six mois, là-haut dans le Nord. Pourtant, même toute cette neige étouffait le feu sans l'éteindre, avait dit Fredo, et tu sais pourquoi ? Parce que l'incendie était si profond que le terrain lui-même était en combustion, l'humus de tourbe, feuilles, bois pourri qui formait une couche de deux ou trois mètres sous la forêt s'était transformé en braise sous la cendre. Endormie mais pas tout à fait éteinte. Luigi la vit pulser avec une extrême lenteur : dans l'état où il était, il vit que la forêt c'était lui, le feu était en lui, la neige était son mariage. C'était la peau blanche d'Elisabetta et la paix qu'elle lui insufflait. Puis son frère lui parla du dégel, qui là-haut au Canada n'arrivait pas avant le mois de mai déjà bien avancé. Alors la braise refaisait surface, noire, humide, morte en apparence. Mais elle était tout sauf morte. Un jour le vent du printemps se levait. Fiouuu ! fit Fredo, il lui souffla dessus et mit le feu à tout.

Passer l'hiver

Mon frère est parti travailler et m'a laissé seul, dans la maison où notre père s'est tué l'an dernier. J'étais loin, à l'époque. J'étais dans les bois de la Colombie-Britannique, occupé à abattre des arbres six jours sur sept. Un dimanche je redescends en ville et mon frère m'appelle, ça faisait un moment qu'il essayait de me joindre : il me dit que papa s'est tiré une balle dans la tête avec son fusil, son fameux calibre 12, après qu'à l'hôpital ils lui ont trouvé un cancer à un organe vital. Le foie, je crois. Ou peut-être le pancréas, je me souviens plus. En tout cas je suis resté un moment à me l'imaginer. J'ai imaginé papa qui prenait son fusil, le chargeait, le retournait dans ses mains, le coinçait sous son menton. C'est arrivé où ? j'ai demandé. Dans le pré devant la maison, mon frère a dit. C'est toi qui l'as trouvé ? Non, il a dit, c'est ma femme. La cérémonie était hier, ça fait quatre jours que je t'appelle.

L'année passée, je ne suis pas rentré, à quoi bon de toute façon, mais depuis mon frère s'est mis à me téléphoner, comme s'il s'était rappelé qu'il était l'aîné. Comment ça va ? il me demandait. Nickel, je disais. S'ensuivait une minute de silence entre la Valsesia et la Colombie-Britannique, aussi longue que l'océan entre les deux. Jusqu'à ce qu'il crache le morceau et me propose de racheter ma moitié de la maison, alors que moi je ne pensais même pas qu'on puisse en tirer quoi que ce soit. Cinq millions de lires tout rond, moins le prix du billet d'avion, contre des vacances dans la vallée et une signature chez le notaire.

Ici dans le jardin il y a ces deux arbres que papa a plantés quand on est nés. Tous les deux en automne, en 57 et 59. Faut croire que l'automne était le bon moment pour avoir des enfants, en tout cas ça l'est pour transplanter les arbres, c'est la fin de la saison végétative, alors ça les chahute moins qu'on les arrache. Après, ils dorment, à leur façon, ça leur laisse tout l'hiver pour se reprendre et s'il neige, c'est encore mieux, c'est comme rester sous la couette. Si Dieu le veut au printemps ils se réveillent et se mettent à monter en sève, à sortir de nouvelles feuilles et à s'acclimater à un lieu où ils ne sont pas nés mais où il leur faudra bien vivre. Une chose que j'aimerais savoir, et que je n'ai jamais demandée à papa, c'est pourquoi il a choisi le mélèze pour mon frère et le sapin pour moi. On était trop petits pour qu'il voie quelque chose en nous, alors c'était peut-être qu'une intuition qu'il a eue. Ou une bénédiction, allez savoir. Toi, le mélèze, ton destin est de grandir au soleil, tu te hisseras haut, dur et fragile, et ondoieras dans le vent. Toi, le sapin, en grandissant, tu deviendras sombre, mais fort et résistant, protégé par tes aiguilles même en hiver, paré pour le gel. Ça c'est moi.

Je suis sûr que mon frère a déjà mis la main sur le fusil, alors je remue la baraque à la recherche d'un truc à boire. À la cave il reste plus une goutte de rien, il y a que les patates qui ont germé. J'ouvre l'armoire, le frigidaire, les placards jusqu'à ce que je tombe sur une demi-bouteille de grappa dans une grosse casserole. De qui se cachait-il ? Je rince une tasse poussiéreuse dans l'évier, me sers le café et l'arrose d'une lichette de gnôle mais l'alcool est imperceptible, comme si la grappa avait quelques degrés à peine. Je renifle la bouteille, goutte une gorgée, c'est bien de la grappa mais elle semble avoir perdu son goût, à moins qu'on ne l'ait noyée. J'en mets une dose conséquente dans mon café, qui est maintenant à la hauteur de cette matinée. Je jette une bûche dans le poêle et me demande qui a coupé ce bois : il est là depuis un an ou mon frère revient de temps en temps réchauffer les murs ? Et les patates ? J'imagine papa les récolter avant de se tirer une balle. Ça devait être la période.

Je regarde dehors, dans le champ le soleil fait fondre la gelée blanche. Les souvenirs aussi s'adoucissent, avec le temps. Maintenant que papa n'est plus là, j'ai oublié beaucoup de choses et tout ce dont je me souviens c'est que c'était un homme triste. Sa tristesse allait de pair avec celle de ce trou. Au Canada, on reconnaît les maisons des Indiens à leur jardin, parce qu'il y a des carcasses de voitures, une caravane pour aller se biturer, de vieux pneus, deux ou trois gamins crasseux. C'étaient des loups, ils en ont fait des chiens errants. Rien de ce que tu pourras leur offrir ne remplacera ce qu'ils ont perdu, ni les réserves grandes comme la Valsesia ni le permis de chasse libre, quelque chose en eux est mort pour toujours. Papa, il était pareil : les gens quittaient Fontana Fredda et c'était lui qu'on abandonnait, un pan de son cœur claquemuré et livré au gel, le chiendent qui poussait dans les champs incultes de son esprit.

Je me sers une deuxième tasse de café et de grappa. Je fais le tour par l'extérieur pour aller à l'étable. J'y trouve les pièges à renards et les raquettes qu'on mettait pour aller les poser. La botteleuse que papa insultait de tous les noms et le frigidaire cassé où il stockait ses vis et ses clous. Je trouve aussi la tronçonneuse, la vieille Stihl, toujours la même : sauf qu'un rat a trouvé moyen de ronger le bouchon du réservoir, et il est mort dedans. Alléché par l'odeur de l'huile et noyé dans l'essence. Je prends donc une des haches accrochées au mur, au fond c'est pas plus mal comme ça. Je ressors, pose ma tasse sur le billot de bois, crache dans mes mains et commence à taper dans l'arbre.

Je tape et retape sans remarquer que quelqu'un arrive, c'est la vieille Gemma qui passe avec sa brouette de fumier.

Alfredo, elle me fait, et je m'arrête. Je la regarde. Elle pose sa brouette. T'es de retour ?

Seulement pour aujourd'hui, Gemma, je dis.

Mais qu'est-ce que tu fais ?

Du bois pour l'hiver.

C'est ton père qui l'a planté, cet arbre.

Je ne lui réponds plus et me remets au travail. C'est pas comme si c'était un gros tronc, en plus. Trente-cinq ans, trente-cinq anneaux de croissance, les années avec et les années sans, bonheurs et malheurs. Je prends le rythme, m'échauffe, le bois est mou et la lame affûtée. Au bout de quelques minutes, je donne le coup de grâce. Gemma est encore là, à regarder, quand le sapin vacille et tombe, sans faire tant de bruit que ça.

C'est pour pas finir comme l'autre rat qu'à seize ans j'ai laissé tomber papa et suis allé travailler sur les chantiers. D'abord à la maçonnerie, puis j'ai rencontré René qui m'a appris à poser les ardoises sur les toits. Les *piode*, comme on les appelle chez nous. Aujourd'hui les gens font cuire leurs biftecks dessus, dans le temps on couvrait les toits avec, mais ici les maisons traditionnelles sont sous la protection du patrimoine, alors le travail était assuré. Parce que les *piode*, il faut les changer, de temps en temps. Plus personne ne sait faire. C'est une roche schisteuse, ça veut dire qu'elle s'effrite, et plus les feuilles d'ardoise sont fines et légères, obligé pour aller sur un toit, plus elles sont fragiles, il suffit d'un rien pour qu'elles cassent. Avec René on passait huit mois de l'année sur les toits, à moitié nus, à rôtir au soleil. De mars à novembre, plus ou moins. Je lui donnais un coup de main et en même temps j'apprenais comment choisir une pierre, la modeler à l'essette, y faire deux trous pour enfiler les tasseaux, le tout sans qu'elle me reste entre les doigts. Le métier me plaisait, mais il y avait les quatre autres mois de l'année, ceux du plancher des vaches. René avait ses techniques pour passer l'hiver, principalement la chasse et la picole. Et moi je suivais, bon élève.

Je descends dans la vallée comme un de ces matins. J'ai coincé la hache sous ma ceinture et fait repartir la moto que je conduisais à l'époque. Quand j'avais vingt ans, les condés fermaient les yeux pour la plaque : j'étais un maçon qui allait au travail. Aujourd'hui je suis un émigrant de retour au pays et je m'arrête au Sporting même si c'est novembre, le court de tennis est couvert d'une bâche et au centre de la bâche une grosse flaque reflète le soleil.

Il est pas dix heures du matin, et sur qui je tombe au bar avec un verre de blanc sous le nez ? À croire que je l'ai quitté la veille.

Oh Fredo, ils t'ont relâché ? me fait René.

Le mobilier est d'époque, je dis.

C'est quoi cet engin que tu trimballes ? Il faut un port d'arme pour ça !

Tu peux parler.

On trinque à l'amitié et, comme c'est l'usage ici, de deux très vite nous passons à trois, puis quatre. Le troisième, je le connais pas. Le quatrième, surnommé Johnny, est un gars avec qui j'ai fini à la caserne à Noël en 1985. Un soir on avait fait du grabuge dans une discothèque et cassé quelques chaises sur le dos de touristes, des Milanais qui étaient venus pour skier et se sont fait des vacances à l'hosto. Leurs têtes ne nous revenaient pas, ou il y avait une histoire de gonzesses derrière, allez savoir maintenant. On s'est fait embarquer. Et cette nuit-là, alors que je tentais de m'expliquer auprès de l'adjudant, j'ai dit qu'eux étaient de Milan et moi de Fontana Fredda, un hameau de vingt habitants à 1800 mètres d'altitude, et c'est comme ça que je me suis retrouvé avec ce blaze qui me suit partout.

Hé mais c'est Mille huit ! il dit.

Salut Johnny, je dis.

Ça bosse dur ici, à ce que je vois.

Faut bien que quelqu'un se dévoue, dit René.

Johnny boit avec nous et raconte qu'il a entendu parler d'une battue de chasse, appelons-la comme ça, qui se tramait. Le rendez-vous était précisément ce matin tôt, à ce qu'il paraît, pas loin d'ici. Il dit sans dire et je ne sais pas de qui il se paye la tête, signe généralement que celui dont on se paye la tête c'est toi. C'est là que je me rappelle les chiens morts et j'en profite pour glisser : De quel genre de chasse tu parles, Johnny ? De chasse au loup ?

Ou au chien, fait celui dont je n'ai pas saisi le nom.

Ni une ni deux, dix minutes plus tard nous étions tous les quatre dans le pick-up de machin, direction on verra. La journée est grise et électrique. Un matin d'automne comme un autre dans ma vallée.

Passé Fior di Roccia, nous quittons la grand-route. Nous empruntons une piste en terre qui descend, je comprends où nous allons et, quand j'entrevois l'eau, j'ai le cœur qui se serre. Si t'as l'habitude des fleuves canadiens, que t'as abattu des arbres le long du Fraser ou péché des saumons dans la Kootenai, revoir la Sesia au bout de sept ans, ça fait quelque chose, c'est un ruisseau de gamins. Alors que nous la remontons, je repense à l'époque où papa nous emmenait braconner des truites. Il mettait dans un pot un peu de carbure, ce produit qu'on utilisait à l'époque dans les lampes à acétylène, perçait le couvercle et le jetait dans un creux d'eau. Lorsque le carbure entrait en contact avec l'eau, ça faisait de l'acétylène, et le pot explosait. C'était pas un sport, pour papa : après, il nous envoyait vendre nos truites dans les restaurants des alentours, où on nous les achetait sans se faire prier. Comme on nous achetait aussi le chamois ou le bouquetin les rares fois qu'on en tirait un.

Aujourd'hui il n'y a pas d'eau, quand nous traversons à gué c'est à peine si elle arrive au plancher. Je l'observe, guettant un frétillement, une ombre qui prend la fuite. Si j'étais une truite, c'est précisément là que je me mettrais, dans ce trou plus sombre et profond. Nous suivons des traces de pneus, nous nous laissons brinquebaler un moment puis arrivons devant deux tout-terrain garés entre les branchages et descendons à notre tour. Seulement, revoir le fleuve m'a donné le cafard.

Johnny et l'autre continuent à pied pour rejoindre les chasseurs déjà sur place. Je dis que je reste garder un œil sur la voiture, René qu'il n'est pas d'humeur à crapahuter : dès qu'ils sont partis, il fourrage dans le coffre, ouvre un carton de la cave coopérative, en sort une bouteille et prend un tournevis dans la caisse à outils sous le siège. Sa méthode est bien rodée, à ce que je vois.

Tu ferais pas mieux d'avoir un ouvre-bouteille sur toi ? je lui demande.

Je l'oublie à chaque fois, il dit.

Le vent souffle sur le lit du fleuve et l'envie me prend de faire un feu. Devant les voitures, il y a un bouleau étalé de tout son long, sec comme une allumette. Je prends la hache à ma ceinture, coupe des branches et du petit bois que je pose en tas contre le tronc, sur le sable. J'entends René ouvrir la bouteille. Avec la hache en guise de rabot, j'épluche l'écorce blanche, qui tombe en fins rouleaux. J'en ramasse une poignée, les glisse sous le petit bois et y mets le feu avec mon briquet. Un filet de fumée, une flammèche s'élève.

Puis les rameaux commencent à crépiter et René arrive pour me passer la bouteille.

Alors, comment c'est, le Canada ? il me fait.

Trop grand, je dis.

T'as une femme là-bas ?

Tu parles.

Y a pas de gonzesses au Canada ?

Pas beaucoup. Si vraiment t'as besoin, il y a la ville.

Hé, c'est partout pareil.

Je m'envoie une rasade de gattinara, je sens le vin qui descend et me réchauffe l'estomac, je regarde le feu prendre de la vigueur. Non, c'est pas partout pareil. Je dis : Un jour j'ai voulu voir où s'arrêtait le Canada. J'ai installé un matelas à l'arrière de mon pick-up et j'ai roulé en mettant le cap au nord. On voyage comme ça là-bas, tu sais ?

Pas mal, dit René.

J'ai pris une route appelée Klondike Highway. Deux mille kilomètres et des brouettes jusqu'à Dawson City. Rien que des lacs, des bois, des ours et des élans qui te calculent même pas quand tu passes.

Le Klondike, c'est pas en Alaska ?

Non, c'est au Canada. Mais à Dawson, t'es loin d'être arrivé, de là il y a une autre route qui part, la Dempster. Que de la piste. Encore sept cents kilomètres de nids-de-poule et de gadoue direction plein nord. À mi-route, tu franchis le cercle polaire.

Sept cents kilomètres de piste ? fait René.

T'as bien entendu.

Et comment c'est, le cercle polaire ?

Il y a la toundra. C'est pas vraiment un bois, il y a que des petits arbres rabougris. De la mousse. Des grandes vallées et des pompes à essence. Quand t'arrives au fleuve, t'attends le ferry puis tu traverses.

Je lui passe la bouteille. René boit sans me lâcher des yeux. Il veut savoir où s'arrête le Canada.

Et au bout de toute cette route, tu sais ce qu'il y a ? Un patelin. Inuvik, qu'il s'appelle. C'est pas croyable que des gens habitent là-haut. Les maisons sont construites sur pilotis sur le permafrost. Devant eux, il y a l'océan Glacial Arctique, et plantés au milieu, t'as les puits de pétrole.

Ils vivent sur pilotis ?

Oui. Le bureau de poste, l'église, le bar, tout est sur pilotis. Je suis allé boire un coup dans ce bar, d'ailleurs. Fin du Canada.

René ne parle plus, peut-être essaie-t-il d'imaginer. Ou alors il cherche à se rappeler le plus loin où il est allé : Ibiza, je crois. On boit à tour de rôle. Me reviennent en mémoire les jours passés sur la Dempster, quand la nuit ne tombait jamais. C'était l'été, même si là-haut, l'été c'est juste un mot, et le soleil se couchait au nord pendant une éternité, il restait suspendu à l'horizon des heures durant. Puis il se transformait en une aube, et le soleil remontait. Je suis resté une nuit entière dans la benne du pick-up à regarder le ciel dans mon sac de couchage, et jamais j'ai autant pensé : ce monde en a vraiment rien à carrer de nous. De moi, en tout cas, ça ne fait aucun doute.

René boit et scrute le feu. Je vois quelque chose bouger au bord du fleuve.

Ils l'ont pas eu, je dis.

Quoi ? il fait, se ressaisissant.

Le loup. Ils l'ont même pas eu, regarde.

Les chasseurs redescendent du bois, ils ont leurs tenues de camouflage et leurs fusils. Deux trois chiens en laisse. L'un parle d'une voix forte en terminant chaque phrase par un juron. J'ai l'impression qu'il en a eu assez pour ce matin et qu'on peut aller manger.

Trattoria Alpina chez Anna. Le saucisson de chamois console les chasseurs. Le bon rouge de la vallée délie la langue de Johnny.

Mille huit, il me fait, tu dis quoi toi ? Loup ou chien ?

Pour moi c'est un loup, je dis.

Et où il va comme ça, d'après toi ?
Il rentre chez lui.
Écoutez, écoutez ! il crie. Mille huit a une théorie.
Arrête, l'emmerde pas, fait René.
Je t'emmerde ?
Mais non, penses-tu.
Alors, c'est où chez lui ?
Je lève les yeux au plafond. Johnny suit mon regard.
À l'étage ? il me fait.
Parfaitement.
Et nous, qu'est-ce qu'on doit faire ?
Vous avez qu'à le laisser.
Il me regarde. Je le regarde. Sur mon front il doit bien y avoir écrit qu'il m'emmerde. Alors il opte pour la prudence, se tourne vers le reste de la tablée et trouve quelqu'un d'autre à emmerder.
René me racontait quelque chose qui m'intéressait. Continue, René, je dis.
Il croque dans son saucisson avec ses molaires. Ses incisives, il les a perdues quand il était jeune à force de décapsuler des bières avec les dents. Il dit : Les sous, c'est la Région qui les met, faut pas croire que c'est une entreprise privée. Pour eux, c'est de la valorisation territoriale. Pour nous, c'est des emplois garantis. On commence avec un télésiège, et après on verra bien.

Ils vont engager combien de personnes ?
Sur la remontée elle-même, une dizaine. Des machinistes. Des dameurs. Le gars qui te donne la main quand tu descends du télésiège. Mais c'est sans compter la location, la billetterie. Puis il faudra au moins un bar, non ?
Au moins.
Tu vois. On doit bien en être à une trentaine d'emplois là ?
À Fontana Fredda !
Et pourquoi pas ? Regarde Cervinia. Tu sais ce que c'était avant ?
Non, je dis.
C'était une prairie avec deux alpages et une chapelle. Sauf que là-bas, ils ont fait une erreur, ils ont tout vendu à des gens de l'extérieur. Ça leur semblait une affaire, tu sais comment c'est. Ils ont vendu leurs terrains au prix des terres agricoles, et puis ils ont vu arriver les hôtels cinq étoiles.
Tu parles d'une affaire.
Tu l'as dit.
Je regarde au-dehors. J'observe le U que dessine la vallée à cet endroit, une belle courbe d'érosion couverte par les bois, et je comprends que mon frère est en train de m'arnaquer. Cinq millions de lires pour une baraque qui donne sur les pistes ? Un an après, il la vend à cinquante, au bas mot. Mais c'est dans l'ordre des choses, j'imagine.

Contrairement à moi, il est resté. C'est pas moi qui ai accompagné papa à l'hôpital, je n'étais pas là quand ils lui ont dit pour le cancer, et je ne l'ai pas ramené chez lui après. Je n'ai pas eu à lui dire : peut-être qu'ils se trompent, papa. Et je ne l'ai pas trouvé dans le pré le crâne explosé.

Je dis : Avant, on les passait à tabac les skieurs.

Aujourd'hui on les aide à s'installer sur le télésiège, fait René.

C'est pas le genre de mon frère.

Je sais pas. Tu sais ce qu'on dit dans ces cas-là.

Qu'est-ce qu'on dit ?

*Cherchez la femme**[3].

La femme de mon frère, moi aussi je suis sorti avec elle, une fois. C'était avant qu'elle se mette avec lui. Je me rappelle l'année parce que je venais de décrocher le permis : 1978. On est en août, elle, c'est une fille qui passe ses vacances ici, René et moi réparons le toit de la maison de ses parents, une en rondins comme en achètent les Milanais. Je fais sa connaissance sur le chantier et lui propose de sortir avec moi, ça me semble un miracle qu'elle accepte, je demande à René de me prêter sa

---

3. Les mots signalés d'une astérisque sont en langue originale dans le texte.

voiture pour l'emmener faire un tour. J'ai dix-huit ans, elle, seize à tout casser. Je pensais qu'on irait au camping où il y a de la musique et où on peut danser, mais le matin quand je me réveille il pleut des cordes. Pas de toits avec René. Je reste chez moi à regarder par la fenêtre et à me dire : ça va s'arrêter, ça peut pas continuer comme ça pendant cent sept ans. Mais ça ne fait qu'empirer et j'enrage, c'est la Valsesia qui m'en veut personnellement, et le soir je décide de défier la vallée. Je joue les têtes brûlées et passe prendre la fille, je la revois encore sur le balcon de ses parents : T'es vraiment sûr ? elle dit. Moi, accoudé à la portière : C'est la Valsesia ici, regarde-moi cette belle soirée. Elle court jusqu'à la voiture et il lui suffit de ces quelques mètres pour se faire doucher.

Vous n'imaginez pas ce que peut devenir cette rivière après un seul jour de pluie battante. Je le remarque dès le premier pont : l'eau n'est plus grise de glacier mais marron de boue, elle tourbillonne autour des pylônes contre lesquels elle fracasse les troncs qu'elle a arrachés. On entend le fracas des rochers qui s'entrechoquent dans l'eau. J'ai beau avoir dix-huit ans, à ce stade je devrais comprendre que je ferais mieux de rebrousser chemin. Mais non, je taille tout droit, je réussis à franchir le pont peu avant qu'ils le ferment. Un génie, ce Fredo. Plus loin, la route est coupée à cause d'un éboulement, et comme le pont a été fermé, les pompiers nous envoient dans un hôtel où les gens du camping viennent aussi se réfugier. Le même camping où je voulais amener la fille danser : la Sesia avait tout balayé, les caravanes comme le reste. On passe la nuit dans l'hébergement de secours, ses parents la cherchent partout, terrorisés, le lendemain matin les pompiers la ramènent chez elle et tous les deux nous comprenons que notre histoire n'est pas née sous une bonne étoile.

Je me fais dire où elle travaille, après le repas je salue la compagnie et descends à moto à la Croce Bianca. Il neigeote quand je me mets en route et il bruine quand j'arrive. Je ne sens ni l'un ni l'autre et me gare derrière l'auberge, là où il y a la véranda avec le baby-foot, les tables en plastique et la carte des glaces, un décor des lointains étés. Ça me semble un bon endroit où attendre pour un type comme moi. J'entre dans la véranda, m'appuie contre le baby-foot. Le toit ne retient pas la pluie et les mégots de cigarettes se noient dans les cendriers. Les feuilles mortes pourrissent sur le plancher : je reconnais leur forme, et observe le grand érable qui donne de l'ombre à la cour l'été. Des années plus tôt, il m'aurait laissé indifférent. À Fontana Fredda, il n'y a pas d'érables. Aujourd'hui, je dirais presque que j'ai de l'affection pour lui. T'as vu comme on perd de la hauteur dans la vie : j'étais un sapin, je suis devenu un érable. Je ramasse une de ses feuilles et l'accroche à la poche avant de ma veste.

Alfredo, me fait une voix de femme. Je la cherche, elle vient d'une petite fenêtre. Elle a toujours ses cheveux roux de quand elle était jeune. Je crois que c'est la fenêtre des toilettes.

Madame Balma, je lui dis. Enchanté.
Qu'est-ce que tu fais ici ?
J'attends.
Il te pleut sur la tête, Alfredo.
Je m'en fous de la pluie.

La femme de mon frère me regarde. Je le connais, ce regard. Elle regarde la hache que j'ai à la ceinture et la feuille d'érable sur ma poche avant. Elle tente d'évaluer mon degré d'ébriété.

Je lui dis : Il y a un truc que je voudrais savoir.
Dis, elle fait.
C'est vrai que c'est toi qui as trouvé papa ?
Oui.
T'allais faire quoi là-haut ?
C'est ça que tu veux savoir ?
Parfaitement.

Elle soupire. Cale ses cheveux derrière l'oreille. Elle est belle, la femme de mon frère. Plus belle aujourd'hui qu'à seize ans.

Elle dit : J'allais parfois lui rendre visite. Ce dimanche-là, on avait récolté les pommes de terre. Quand j'avais le temps, je lui cuisinais quelque chose.

Lui et toi, seuls tous les deux ?

Le plus souvent. Ça lui faisait plaisir.

Tous les combien ?

Une à deux fois par semaine.

Tu m'étonnes que ça lui faisait plaisir. J'imagine cette femme dans la maison de papa, en train de cuisiner sur son poêle. Lui assis dans son fauteuil qui la regarde. Plus aucune femme n'était entrée chez lui depuis que maman en était sortie, les pieds devant, il y a trente ans. Qu'est-ce qu'ils se disent ? À tous les coups il lui parle de l'ancien temps. De l'époque où Fontana Fredda était encore habité. Il la laisse cuisiner même s'il n'a pas faim, il ne connaît plus que la soif maintenant. Quelque chose me traverse l'esprit.

Alors c'est toi qui as mis de l'eau dans sa grappa ?

Oui, Alfredo.

Lui qui croyait avoir trouvé une bonne cachette.

Raté.

Je comprends soudain que je n'aurais jamais dû revenir. Quand t'as coupé les ponts, t'as coupé les ponts. Je regarde cette femme qui, d'une certaine façon, nous a connus tous les trois. La fille des Milanais en vacances, qui l'aurait cru. Je me rappelle qu'elle est enceinte. Elle regarde cet homme, le frère de son mari, et je suis sûr qu'elle n'espère qu'une chose : que le mauvais frère disparaisse au plus vite, de cette terrasse et de leur vie.

Je lui dis : Tu te rappelles ? On est sortis ensemble une fois, toi et moi.

Bien sûr que je me rappelle.

On était allés où ?

On était censés aller danser, mais il pleuvait.

Tu te rappelles la date ?

Le 7 août 1978. C'est écrit sur les plaques.

Je sors la main dehors avec la paume tournée vers le ciel. Deux gouttes tombées du toit s'y écrasent. Je dis : On n'en fait plus des tempêtes comme ça, hein ?

Rentre boire un café, Alfredo, allez.

Au revoir, madame Balma.

La lumière décline. Le ciel devient gris comme les pierres sur les toits. Devant le Woodland, je regarde mon frère qui s'en va dans son tout-terrain de policier. Je fume une de ses cigarettes pendant que ses feux de position s'éloignent, et avec eux son sentiment de culpabilité et ses efforts pour filer droit. Il met même son clignotant pour tourner.

C'est loin d'être un saint, mon frère, mais regardez-nous. Un sapin et un mélèze. Papa avait tout compris. Nous tenons tous les deux de lui, nous le savons depuis que nous sommes gamins, sauf que mon frère s'est retrouvé avec une moitié, et moi une autre, comme pour la maison.

Demain je la lui vendrai, je solderai ma dette, et après, vous n'entendrez plus parler de Fredo, vous inquiétez pas. Moi, vous aurez pas à me faire la soupe ou à me noyer la bibine quand j'ai le dos tourné.

C'est le soir maintenant et les chasseurs se préparent à la sortie du lendemain. Au Valhalla, ils ne parlent que de ça : le loup saigne, ils disent. Il se terre dans un trou, blessé, piégé, les chiens le pisteront et le premier qui le trouvera repartira avec sa peau. Ils boivent et s'échauffent les uns les autres.

Johnny me fait : T'as déjà essayé le gin et prosecco, Mille huit ?

Ça manque à mon palmarès, je dis.

C'est comme le whisky avec la bière, mais mélangés.

Essayons.

J'ai déjà dit pourquoi les gens l'appellent Johnny ? C'est parce qu'un jour il est sorti de chez lui avec des santiags et un chapeau de cow-boy.

Le chapeau, il l'a remisé au placard, mais il est resté Johnny : ici, quand on te donne un surnom, impossible de t'en défaire. Il demande à la serveuse deux verres de prosecco et un godet de gin à côté.
 Gordon's ou Tanqueray ? fait la serveuse.
 Va pour le Tanqueray, dit Johnny.
 Quand il les a devant lui, il verse une larme de gin dans un verre et le reste du godet dans l'autre. Il croit que je ne le calcule pas.
 T'aurais pas un peu chargé le mien ? je dis.
 C'est ta soirée, il fait.
 Je le bois et ça me paraît plutôt discret. Le seul bémol, c'est que le gin tiédit le prosecco. Ils devraient le garder au frais.
 Tu fais quoi en ce moment, Johnny ?
 Gardien de nuit au barrage.
 C'est un truc à se casser le dos, ça, hein ?
 J'écoute beaucoup la radio. Alors, ce cocktail ?
 Pas mal.
 On s'en jette un deuxième ?
 Volontiers.
 Même un aveugle verrait son manège à présent : il fait mine de se servir en gin avant de tout verser dans mon verre. Il donne un coup de coude au gars à côté de lui. C'est un autre petit jeu d'antan : rétamer le plus abruti, puis voir comment il marche droit.
 Bon retour à la maison, Mille huit ! me fait Johnny en levant son verre.

En entendant ce mot, quelque chose, en moi, crève les digues et déborde. Je bois sa mixture dégueulasse d'une traite, prends la hache que j'ai à la ceinture, la lève et la lui plante au milieu du front. *Santé**. Le fer et l'os font le même bruit que les rochers qui s'entrechoquent sous l'eau quand le fleuve est en crue. La serveuse pousse un cri. Johnny s'effondre et alors seulement le sang se met à gicler.

Maintenant que je fais mes adieux à cette vallée, avec mon frère qui court à mes trousses le gyrophare allumé, je crois voir défiler tous les bars de ma vie. Je roule à tombeau ouvert et les salue un à un, comme quand on faisait la noce jusqu'au petit matin et qu'on finissait au restoroute pour le petit-déjeuner. Adieu Sporting, adieu Fior di Roccia, adieu Golosone, adieu Valhalla. Un blanc, un Braulio, un Baileys, une rousse double malt ! Ne m'arrête pas, mon frère : pense à ta femme, pense à ta fille. Adieu Sole e Neve, une blonde ! Adieu La Ruota, un whisky ! Adieu Silly Monkey, bas les pattes c'est moi qui paye. Ne m'arrête pas, mon frère, ne m'arrête pas : pense à tout ce que t'as que je n'ai pas. Adieu Laghetto, adieu Woodland, adieu Bar Alpino. Regarde-moi ce fleuve noir, regarde comme tout est clair.

Femme dans l'eau

Été 1979, une Elisabetta plus jeune est en maillot de bain, sur un rocher poli et tiède, à l'endroit où le fleuve s'évase pour former un petit bassin transparent. Elle a dix-sept ans et vient dans la Valsesia au mois d'août, après la mer. Le fleuve est gorgé d'eau : si tu entrais dans les rapides il t'emporterait. Le trou d'eau en revanche est une piscine naturelle, les vacanciers vont s'y baigner. Le jeune homme qui l'accompagne, lui, s'y rend pour la première fois. Elisabetta, amusée, l'observe, nu à l'exception de son slip blanc, si emprunté alors que c'est son fleuve, sa vallée.

Tu ferais mieux de l'enlever, lui dit-elle en riant. Personne ne nous voit.

Ici, il y a toujours quelqu'un qui te voit, dit-il.

Luigi – c'est son nom – tend un pied et sonde la température de l'eau. Elisabetta, couverte de taches de rousseur à cause du soleil qu'elle a pris à la plage, observe son dos pâle, ses muscles dessinés, la ligne où tout à coup la peau s'assombrit, sur le cou et les bras. Elle ne s'avouerait même pas à elle-même que son attirance pour lui est d'ordre anthropologique, voire politique. À Milan, elle est dans le comité étudiant du lycée Manzoni, ici dans la Valsesia elle n'a eu que des histoires avec d'autres vacanciers. Des amourettes d'été. Ce jeune homme-là a vingt et un ans et s'est arrêté au brevet, il ne cadre pas avec ses amourettes d'été.

Elle dit : Pourquoi tu l'appelles *la* Sesia ?

C'est comme ça qu'on l'appelle ici, dit-il, les mains agrippées à un rocher. Vous êtes les seuls à dire *le* Sesia.

Intéressant, dit-elle. Le fleuve est donc féminin[4].

Elle va pour faire une remarque sur la nature maternelle de l'eau, mais se mord la langue en se rappelant ce qu'il lui a raconté, qu'il a perdu sa mère enfant. Elle pense à Thétys, la déesse grecque des fleuves et des sources. Et à la mère d'Achille qui le rend invulnérable en le plongeant tout entier dans les eaux du Styx, à l'exception du talon. Elle décide de laisser tomber : elle refuse de jouer à la maîtresse et au bon sauvage, elle n'est pas là pour ça. C'est la vie réelle, ce qui la fascine chez lui.

---

4. L'usage recommandé depuis l'uniformisation de l'italien est de masculiniser les fleuves ; localement, le féminin ou le flou a perduré, notamment pour les noms se terminant en « -a » et/ou historiquement associés à des divinités féminines.

Elle se met debout sur le rocher. Elle sent la chaleur de la pierre sous ses orteils.

Bon, elle dit, si je me déshabille, tu te déshabilles ?

Fais pas ça, dit-il.

Oui ou non ?

On va te voir. Je parie qu'il y a un vieux avec des jumelles quelque part.

Elisabetta le fait. Ce ne sont pas les vieux à jumelles qui l'intéressent, mais le jeune homme en face d'elle. Elle ôte son maillot, le jette sur le rocher, fait un pas et plonge dans la Sesia, comme elle dira désormais.

En quinze années avec Luigi, elle en a appris beaucoup, des choses comme ça. En voilà une autre : la vallée a un côté au soleil et un autre à l'ombre. Côté soleil, il y a les champs, côté ombre les bois. À l'ombre les arbres jaunissent plus tôt en automne, et la neige résiste plus longtemps au printemps, alors qu'au soleil, un vert précoce laisse déjà présager la fin de l'hiver. Il y a les animaux du soleil et ceux de l'ombre : les domestiqués d'un côté, les sauvages de l'autre. Mais les rivières qui descendent de chaque versant finissent toutes dans le même fleuve, et on ne peut alors plus ni les distinguer ni les séparer.

Elle aussi lui a appris des choses. Par exemple, comment une fille veut être caressée. Luigi, au début, était expéditif, il faisait tout à la va-vite et en silence.

Avec qui tu l'as fait avant moi ? lui a-t-elle demandé un jour.

Il vaut mieux pas que tu le saches, a-t-il répondu.

Après, il s'est appliqué du mieux qu'il pouvait, ses mains ont appris à la toucher. C'est là une chose qu'Elisabetta a tout de suite aimée chez Luigi, une sorte d'intelligence comme on n'en trouvait plus en ville : avec ses mains, il pouvait apprendre n'importe quoi, peut-être même le piano, s'il s'y était mis. Elle adorait le voir travailler le bois. C'était son élément, son côté au soleil.

Son côté à l'ombre, comme elle eut tôt fait de le découvrir, avait en revanche à voir avec l'alcool. L'alcool avait à voir avec son père et son frère. Elisabetta n'avait jamais vu personne boire comme eux : ils pouvaient rester ivres plusieurs jours d'affilée, aller au lit en buvant, se réveiller en buvant. Et entre les deux, travailler, conduire, aller à la chasse, faire l'amour, sans que quiconque, ne les connaissant pas, remarque quoi que ce soit. Les connaissant, on comprenait qu'ils étaient ivres à certains détails. Luigi ne sentait plus le froid, par exemple, ou feignait de se rappeler les discussions de la veille. En réalité, il avait des trous de mémoire sur des journées entières. Qui sait où il était, lorsque l'alcool s'emparait de lui et le lui enlevait. À croire que boire le reconnectait à son côté sauvage, sylvestre, sa part d'hiver qu'Elisabetta associait à la mère qu'il avait perdue. Il n'avait jamais été violent, sauf dans ses propos. Les propos des ivrognes, elle avait appris à les laisser glisser sur elle. Au retour, il était plus doux que d'ordinaire, son besoin d'elle encore plus grand.

Ce jour-là au fleuve, elle était loin d'imaginer qu'elle tomberait à ce point amoureuse. Elle est venue s'installer ici à vingt et un ans, quand la distance lui est devenue insupportable. Ils sont allés vivre dans un deux pièces en bas dans la vallée, lui qui venait de Fontana Fredda et avait pour la première fois de vraies toilettes. Ça paraissait impensable, mais il avait grandi dans une maison où l'on faisait ses besoins à travers un trou dans le plancher, et tout tombait directement dans l'étable. Contre l'avis de ses parents, elle a quitté Milan et l'université et a commencé à gagner sa vie en faisant les saisons dans la Valsesia, la campagne l'été, les restaurants l'hiver, pendant que Luigi travaillait dans une menuiserie avec le projet d'ouvrir la sienne un jour. C'était la vie réelle, après l'avoir tant lue dans les livres.

Au bout d'un an de vie commune, c'est lui qui avait demandé à ce qu'ils se marient, contre toute attente. Le mariage, Elisabetta n'y avait jamais pensé. Et c'est toujours sans y penser qu'elle y est arrivée et s'est retrouvée femme de, un matin de mai, dans le pré devant une chapelle consacrée à saint Laurent. Ni son père à lui ni ses parents à elle n'étaient là. Après le repas, ils ont salué le peu d'amis qu'ils avaient et sont allés se baigner dans le fleuve tous les deux.

En 1994, on est en novembre, Elisabetta sort du restaurant où elle travaille désormais. Il fait déjà nuit, il a plu un peu. Elle monte dans sa voiture, sait qu'elle empeste le graillon, et hésite à rentrer chez elle prendre une douche, ou à laisser tomber et faire ce qu'elle a à faire. Elle se rappelle qu'avant, les bergers qui empestaient l'étable et le parfum la faisaient sourire, parce qu'ils se parfumaient sans vraiment s'être lavés, et se dit : tout le monde pue de la vie qu'il mène, et il y a de quoi être fier. Quelle différence ça fait, que ça vienne des chèvres ou de la friteuse ? Elle s'engage sur la grand-route avec une manœuvre hésitante, conduire de nuit, sur le goudron détrempé, lui fait perdre son assurance. Elle remonte la route sur quelques kilomètres, s'arrête sur le bas-côté, laisse les clés sur le tableau de bord et descend, entre dans le magasin d'alimentation.

Salut Franca, dit-elle. Elle voudrait des légumes frais, mais dans les cagettes il n'y a que des oignons, des pommes de terre, une laitue défraîchie, deux trois carottes ramollies. Basse saison.

Pas de fruits aujourd'hui ?

Le camion doit arriver, dit Franca derrière le comptoir.

Ça va chez vous sinon ?

Oui, on n'a pas à se plaindre.

Et ta mère, comment elle va ?

Dans le dos de la femme on entend le bruit d'un téléviseur. Il y a une porte entrebâillée, elle donne sur un salon et Elisabetta entrevoit le mari de Franca assis dans le canapé. Leur maison, c'est la boutique : dès que la clochette de la porte retentit, comme à l'arrivée d'Elisabetta, l'un des deux n'a qu'à se lever et passer de l'autre côté pour servir. Ça fonctionne ainsi depuis toujours. Elle se souvient du temps où elle venait en vacances, c'était la mère de Franca qui tenait le magasin, qui, en dehors de ça, n'a pas changé.

Après les courses, elle passe à la bibliothèque municipale. Il n'y a que la bibliothécaire au bureau des prêts. C'est une jeune femme arrivée il y a peu, elle aussi s'est mariée à un homme de la vallée, et Elisabetta a l'impression de se revoir à ses débuts ici. Antonella, elle s'appelle. Elle était contente d'avoir décroché ce travail, puis elle s'est rendu compte que presque personne n'allait à la bibliothèque, mis à part des collégiens et cette gentille dame.

Elisabetta a un livre à rendre. Robert Graves, *La Déesse blanche*. La bibliothécaire met un peu d'eau à chauffer dans la bouilloire électrique. Elles s'assoient pour prendre le thé.

J'ai trouvé quelqu'un de plus pour le groupe de lecture, dit Elisabetta. On sera cinq en tout.

C'est qui ? demande Antonella.

Un client du restaurant.

T'as une idée de ce qu'on va lire ?

C'est toi la bibliothécaire.

Antonella réfléchit. Elle l'observe, la tasse dans la main. L'odeur de graillon est forcément déjà arrivée à ses narines.

Mais t'as fait quoi comme études, toi ?

J'ai fait le lycée classique, deux années de lettres à l'université, puis j'ai tout plaqué et suis venue ici.

Tu n'as pas regretté ?

Regretté quoi, d'avoir arrêté la fac ?

Entre autres.

Non, au contraire. Si c'était à refaire, je le referais.

Une demi-vérité. Le fait est qu'Elisabetta sait qu'il n'y a pas de retour en arrière possible. Le fleuve ne coule que dans un sens. Elle n'a jamais perdu son temps avec des regrets, c'est une chance dans son caractère.

Elle dit : Ça sera bientôt ton deuxième hiver, pas vrai ?
Oui.
Le deuxième, c'est le plus difficile. Il faut s'armer de patience.
En quoi c'est le plus difficile ?
Parce que le premier était nouveau. Tu découvrais tout.
Et pour le troisième, on s'habitue ?
Réfléchissons à un bon livre, si tu veux bien.

À la fin les femmes de la vallée se tenaient compagnie en faisant des enfants. Elle n'en a pas senti tout de suite le besoin, elle. Elle était jeune et il y avait tant de choses qu'elle aimait de cette vie : les bois et le fleuve, surtout. L'été plein d'eau et les hivers avec quantité de neige, le cycle des travaux agricoles, apprendre des paysans. Et les livres, qui ne la laissaient jamais seule. Elisabetta est une femme pour qui, depuis toute petite, la compagnie des écrivains et écrivaines vaut autant que celle des personnes en chair et en os : elle leur parle, ils lui parlent.

Quelques-uns l'ont aidée à vivre ici. Tchékhov : il pouvait être le médecin affecté à la vallée. Flannery O'Connor, la fille étrange qui vit avec sa mère. Et Karen Blixen, la dame toute seule dans la vieille demeure familiale. C'était une femme qui ne s'apitoyait pas sur son sort, elle : abandonnée par son mari, malade de la syphilis, avec pour fardeau une ferme toujours au bord de la faillite, et pourtant son regard était empreint d'émerveillement, sa voix de grâce. Elle chantait l'amour entre une femme de la noblesse et un être sauvage, indompté, qu'elle appelait Afrique, mais qui pouvait aussi bien s'appeler Valsesia. Elle y avait passé dix-huit ans de sa vie puis était rentrée au Danemark et s'était mise à écrire pour apaiser sa nostalgie : Elisabetta la comprenait.

Quand ils se sont mariés, Luigi a ouvert sa menuiserie pour de bon. Ça n'a pas duré longtemps, parce que, s'il était doué pour le bois, il était aussi incapable de tenir des comptes, et elle était la personne la moins à même de l'aider. Après la faillite il a passé un concours et, avec l'aide de quelqu'un, il a été pris chez les forestiers. C'était tard, pour faire carrière. Être simple agent à trente ans, ça voulait dire en avoir dix de retard sur ceux entrés après le service militaire. Il le faisait pour la paye à la fin du mois, pour eux deux, pour la discipline qu'il tentait d'imposer à sa vie. Au début, recevoir des ordres l'insupportait, son uniforme semblait lui donner de l'urticaire, mais il travaillait la plupart du temps en plein air, et ça, ça lui plaisait. Il rentrait à la maison d'excellente humeur après certaines journées passées à recenser perdrix et coqs de bruyère, ou à assister à la réintroduction du cerf. Au dîner, il lui racontait : Imagine, Betta, un couple de cerfs a été capturé en Yougoslavie, endormi avec un somnifère et transporté jusque dans les bois de la Valsesia, où on les a relâchés. Se rendaient-ils compte qu'ils avaient parcouru des milliers de kilomètres dans leur sommeil ? La femelle, vraisemblablement, était enceinte. Le mâle venait de perdre ses bois. Le premier andouiller de cerf abandonné dans la Valsesia depuis une éternité : il aurait bien aimé mettre la main dessus et le rapporter à la maison. Il ne parlait plus de la menuiserie maintenant, la page était tournée. Elle, elle pensait au garçon dans le fleuve, auquel elle n'avait alors presque rien compris, aux endroits lointains d'où ils venaient tous les deux, au long chemin qu'ils étaient en train de faire ensemble.

On est l'année avant le retour d'Alfredo, octobre 1993. Je vais rendre visite à Kinanjui, se dit Elisabetta le matin. Elle est Karen Blixen s'en allant trouver chaque semaine le chef des Kikuyus dans sa cabane. Elle prend sa voiture et sort du village : elle passe la bibliothèque, le collège, la salle municipale, franchit un pont, puis la route devient plus étroite et cahoteuse. Elle a les mains un peu moites, dans les virages il n'y a même pas de parapet. En montant, elle croise les premiers petits potagers, quelques tas de bois, un âne. Les maisons aux murs en pierres. La roche qui affleure, les torrents pas endigués, la civilisation qui s'éloigne. Derrière le dernier virage, le panorama change du tout au tout, l'exposition sud la prend toujours par surprise, et Elisabetta débouche sur le plateau qui surplombe la vallée comme du haut d'un balcon. Fontana Fredda. C'est ici que la route s'arrête, devant une poignée d'habitations délabrées, et rien d'autre que des bois et des pâturages autour. Le village des Kikuyus.

Elle fait à pied le dernier bout jusqu'à la maison du vieux.

Elle dit : Bonjour, Grato.

Il ne répond pas. Il n'est pas si âgé, c'est l'alcool qui l'a fait vieillir avant l'âge. Il est tout à sa besogne : les mains tremblantes, il tente d'affûter la lame de sa tronçonneuse.

Elle fait comme s'il lui avait dit : Bonjour, Elisabetta.

Je t'ai pris des œufs. Le poêle chauffe ?

Hochement de menton. Ça veut dire oui.

Dans ce cas, je vais préparer le café, d'accord ?

Elisabetta le laisse seul. La tronçonneuse est fixée au banc en bois par un serre-joint, dans le pré devant la maison. C'est là qu'il fait tous ses travaux, été comme hiver, sauf si vraiment il pleut des cordes. Quand elle revient avec la tasse, elle l'observe : Grato devrait passer la lime sur chaque dent de la tronçonneuse. Luigi le lui a montré une fois. Deux ou trois petits coups, l'important est d'en faire le même nombre partout, d'un mouvement rapide, et légèrement rotatoire. Comme pour faire entrer une vis, tu vois ? Mais les mains du père ne sont pas celles du fils, en tout cas plus maintenant, et les travaux de précision sont devenus si frustrants pour lui. Il peste contre l'engin.

Elisabetta s'assoit sur le banc et tend à Grato son petit déjeuner. Dans la tasse, elle a battu un jaune d'œuf avec du sucre avant d'y verser le café. Comme on le fait pour les enfants, elle réussit à le nourrir grâce à quelques ruses. L'œuf est devenu l'ingrédient de base de son alimentation, en dehors de ça il ne mange plus rien.

Grato s'assoit à côté d'elle. Il prend la tasse. La renifle, pas une goutte d'alcool, il fait une moue déçue. Il avale quand même une gorgée, et la sensation n'est pas désagréable.

Il est bon, ce café, dit-il avec un filet de voix.

Elisabetta contemple la vallée depuis le banc. Sur les hauteurs, il y a déjà de la neige, en bas une légère brume. Ce ciel, cette lumière. Vraiment, elle ne comprend pas pourquoi ils sont tous partis.

Grato, dit-elle, t'as entendu pour la remontée mécanique ?

Oui, j'ai entendu.

Ça va amener du changement, hein ? Des gens reviendront peut-être vivre ici. Ça pourrait être pas mal.

Ma foi.

Tu penses pas ?

Le vieux lève la main et montre la route, à l'endroit où elle disparaît derrière le hameau. Il a un doigt noueux et arthritique. C'est le chef Kinanjui qui parle, il dit : Un jour, par ce virage, la première tronçonneuse est arrivée. Elle était si lourde qu'ils l'ont amenée à dos d'âne, il fallait être deux bonshommes pour la manipuler. On a remisé la scie à deux mains. Et maintenant il nous faut de l'essence pour couper les arbres.

C'est quand même plus pratique, non ?

Grato fait mine de ne pas entendre. Il tousse. Dit : Après, ç'a été la route goudronnée, avant on montait ici que par le sentier.

C'était quand ?

C'est pas si vieux. Il y a vingt ans.

Donc la route est arrivée, et ?

Et les gens sont descendus travailler à l'usine. Tout le monde a foutu le camp. Et maintenant, c'est le tour de la remontée.

Il faut voir. C'est encore qu'un projet.

Dio fa'*5.

Grato finit de boire son café. Il a un peu de mousse d'œuf sur la moustache, mais ses tremblements se sont calmés. C'est le sucre, pense Elisabetta. Elle sait qu'il a raison, à propos des dégâts que fait le progrès, mais elle sait aussi que le chef Kinanjui est voué à l'extinction. Elle observe son profil et y retrouve celui de Luigi. Le même nez droit et ancestral. Parfois, elle regarde le père et imagine ce que deviendra le fils quand il sera vieux.

Puis les yeux de Grato se fixent sur un point. Elle remarque qu'il a vu quelque chose. Elle suit son regard et découvre un grand volatile posé au sommet d'un mélèze. Un aigle. Impossible de se tromper. Luigi lui a expliqué qu'il y a un couple, dans le haut de la vallée, et un jour, en voiture, il les lui a montrés qui décrivaient de larges cercles dans le ciel. Il lui a expliqué que les aigles restent ensemble toute leur vie. Qu'ils chassent surtout les marmottes, mais aussi les petits des chamois, et parfois les poules. Qu'ils couvrent un rayon de dix kilomètres autour du nid, à l'intérieur duquel ils ne tolèrent aucun rival. L'aiglon, devenu adulte, doit s'en aller ailleurs, et celui-ci pourrait

---

5. « Dio fa' » ou « Dio Faus » est un blasphème que l'on pourrait traduire littéralement par « Faux Dieu ».

très bien être un jeune en train de se chercher une nouvelle maison.

Va me chercher le fusil, dit Grato, sans quitter l'oiseau des yeux. Il semble en transe.

Quoi ?

Il est dans la cave. Le chargeur est prêt. Allez.

Non, Grato.

Bouge-toi !

Elisabetta ne bouge pas. Luigi le lui a dit : son père tire sur tout ce qui bouge. Sa nature de braconnier est si viscérale qu'il ne peut voir une bête sauvage sans désirer lui tirer dessus. Un jour ou l'autre, il devra monter pour l'arrêter, ou au moins confisquer son fusil.

S'il le lui avait confisqué, qui sait. Grato aurait peut-être trouvé un autre moyen de se tuer. Ils n'en ont jamais parlé avec Luigi. Pour Elisabetta, ce sont les engrenages du destin : c'est la dernière fois qu'elle voit le vieux en vie.

L'aigle s'élance dans les airs, et elle note qu'il ne s'envole pas en battant des ailes, comme les autres oiseaux. Il les ouvre en grand et se jette dans le vent qui monte du fond de la vallée. Qu'est-ce que ça doit être beau, pense-t-elle, de se jeter dans le vent comme ça. Grato grommelle quelque chose. Un mot dur, de vieux grincheux, pour l'étrangère qui a marié son fils. Cette fois, c'est elle qui fait mine de ne pas entendre.

Dans la salle de bains, elle se regarde dans le miroir. Elle a trente-deux ans et trouve qu'elle se néglige un peu. Lorsqu'elle rentre à Milan voir ses parents, elle remarque tout de suite les coupes de cheveux, les tenues des femmes dans la rue. La mode a beaucoup changé depuis qu'elle est partie. Elle se met de côté et regarde le profil de son ventre : sa rondeur commence à se voir. Bientôt tout le monde saura, dans la vallée. Peut-être qu'alors, elle sera de la vallée elle aussi. Quelques mois avaient passé depuis la mort de Grato quand, un soir, elle a demandé à Luigi : Qu'est-ce que tu dirais de faire un enfant ? L'idée venait d'elle, cette fois. Elle ne s'est pas attardée à réfléchir sur le lien entre les deux événements, la perte d'un père et son désir d'enfant, même si elle savait qu'il devait y en avoir un. Luigi lui a répondu : Ça faisait un moment que j'espérais que tu dises ça.

Après la douche, elle dîne seule, la radio allumée. Sur la station culturelle une voix de femme fait des vocalises sur un air de piano. Elisabetta écoute la musique, mange sa salade de riz et regarde par la fenêtre. L'enseigne de la pompe à essence brille sur la route sombre. Elle pense aux hommes, dans leurs maisons, qui à cette heure-là astiquent leurs fusils. Elle l'a entendu dire au restaurant, même si avec elle les gens font attention, elle est la femme d'un garde forestier. Mais il y a des nouvelles qu'il est impossible de garder pour soi : à l'aube, un groupe de chasseurs se retrouvera au pont romain, puis ils remonteront la Sesia en formation. D'autres se posteront plus en hauteur, à des endroits convenus à l'avance, en attendant que ce chien, ou ce loup, se trouve dans leur viseur. Elle se demande ce qui arrivera à la femelle, la petite chienne blanche qu'elle a vue ce matin.

Le téléphone sonne et Elisabetta se lève, va répondre. Parfois, elle laisse sonner. Ce soir, elle est contente d'avoir un peu de compagnie.

Bonsoir maman, dit-elle.

T'as entendu ce qu'ils ont dit à propos du livre ? demande la voix de sa mère.

Quel livre ?

Tu n'as pas mis la radio ?

J'étais dans mes pensées.

Celui sur Dolcino et Margherita.

Elles écoutent la même radio et sa mère l'appelle pour commenter l'émission, comme si elles étaient dans la même cuisine.

Elle dit : Tu sais, les hérétiques.

Apostoliques, la corrige Elisabetta.

Ils ne s'étaient pas cachés dans la Valsesia ?

Si, à Rassa. C'étaient les autres qui les appelaient les hérétiques.

En tout cas, ils ont dit que Margherita était une fille riche, elle venait d'une famille noble de Trente. Puis elle a croisé le chemin de Dolcino, venu prêcher sa doctrine, et elle en est tombée amoureuse.

De lui ou de sa doctrine ?

Ils se sont mis en couple. À toi de voir.

Ça a dû faire plaisir à sa mère, ça.

Pour Margherita non plus, ça n'a pas été une partie de plaisir.

Qu'est-ce qui te fait dire ça ?

Parce que quatre ans après, elle était attachée à un pilori. Ils l'ont brûlée vive sous les yeux de Dolcino.

Ça n'a duré que quatre ans ?

Elisabetta prend le combiné avec elle devant la fenêtre, et se rassoit où elle était. Elle peut entendre la musique à l'autre bout du fil. Elle pense à la maison où elle a grandi : le salon, les fauteuils, le tapis, les tableaux aux murs avec leurs paysages alpins. Dehors, le camion-citerne qui réapprovisionne la station essence deux fois par semaine est arrivé. Sur les tableaux de ses parents, en revanche, il y a des paysannes dans les champs, des chapelles blanches qui rougeoient sous le coucher de soleil.

T'inquiète pas. Ici, personne ne va me brûler vive.

Luigi est avec toi ? demande sa mère.

Non, il est sorti.

Il est encore du soir ?

Oui, maman.

Avec une femme enceinte, il ne pourrait pas s'arranger pour rester à la maison le soir ? Tu ne m'avais pas dit que son supérieur était une femme ?

Qu'est-ce que ça change que son supérieur soit une femme ?

Elle devrait savoir qu'une autre femme, enceinte, se retrouve toute seule chez elle. Ça s'appelle la solidarité féminine.

Oui mais elle, on l'appelle l'*inspecteur en chef*.

Dans le combiné sa mère soupire. Une ambulance passe sur la grand-route. Gyrophare allumé, sirène qui s'éloigne. Sa mère regarde peut-être elle aussi par la fenêtre : la cour intérieure de l'immeuble avec ses coursives, les tuiles des toits en face, les balcons. Le ciel de Milan en novembre, quand la brume reflète les lumières de la ville.

Écoute, dit sa mère. Si tu ne veux pas venir à la maison, ce serait bien que je vienne moi, à un moment donné. Au moins sur la fin de la grossesse.

Il y a le temps.

Avril, quand même.
Allons, maman.
Elle la salue brusquement. De toute façon elle rappellera dans dix minutes. En raccrochant, Elisabetta pense : avril. Il faut être fou pour déjà penser à avril. Il y a un hiver entier avant, et l'hiver, mieux vaut l'affronter sans trop anticiper. Elle imagine installer le lit de sa mère dans le salon : Luigi qui rentre avec son uniforme tout crotté et la trouve en chemise de nuit.

Ce que sa mère ne sait pas, et qu'elle se garde bien de lui dire, c'est que Luigi dort parfois dehors. Au fleuve, peut-être. Ou dans la maison de son père. À moins qu'il ne prenne un sac de couchage et aille bivouaquer dans des coins de la vallée que lui seul connaît. Ça lui prend quand ils se sont disputés, et s'ils se sont disputés, c'est presque toujours à cause de l'alcool. Un jour, elle lui a demandé ce qu'il faisait ces nuits-là : il fait un feu, boit une bouteille. Elle n'a jamais douté que c'était vrai. Les années aidant, elle a fini par s'habituer à ces nuits solitaires comme quelque chose faisant partie de son mariage. Elle a un mari qui dort parfois avec elle, parfois dans les bois. Elisabetta s'en lassera, un jour plus si lointain.

Cette nuit-là elle ne s'attendait donc pas à le voir rentrer. Elle se réveille en l'entendant arriver dans la chambre, laisser tomber ses vêtements sur le sol. Elle sent les couvertures se soulever et peu après sa main sur une hanche, là où il aime la poser quand ils dorment ensemble. Elle est tournée de l'autre côté. Sa main à lui est encore froide du dehors.

 — Il est quelle heure ? demande-t-elle.
 — Tard, dit Luigi.
 — Et ton frère ?
 — Il est parti.

Elle se tourne vers lui et sent dans son haleine le whisky qu'il a bu. Whisky, cigarettes, et encore une autre odeur qui a dû imprégner sa barbe et ses cheveux. Odeur de terre mouillée, de pluie, de bord de fleuve. Dans le noir, elle le cherche de la main, trouve une épaule, son cou, elle le caresse.

 — Comment ça, il est parti ?
 — Il a défoncé le crâne à un mec, dans un bar. Avec une hache. Puis il a pris la fuite.
 — Il lui a défoncé le crâne ? Tu veux dire qu'il l'a tué ?
 — Non, il est en réanimation. Il est plus du côté des morts que des vivants, mais il vit.
 — T'es allé le voir à l'hôpital ?
 — Oui. Je le connais en plus.
 — Qui c'est ?
 — Un pauvre connard.
 — Et ton frère, il est où ?
 — Je sais pas. Au Canada.

Luigi sanglote. Elisabetta sent, avec ses doigts, que sa joue est mouillée. C'est donc ça, la *vie réelle* qu'elle voulait ? Maintenant elle connaît la complainte d'un ivrogne qui pleure dans la nuit. Elle sait à quoi ressemble la tête d'un homme qui s'est pris un coup de fusil. Elle en a sans doute vu plus qu'assez, de la réalité. Luigi pleure dans le noir, il ne se retient plus. C'est la faute ou le mérite de l'alcool, qui fait tout remonter : il pleure pour son frère, il pleure pour son père, il pleure pour lui.

Ça nous empêchera pas de faire la maison, dit-il. T'inquiète pas.

Mon amour, dit-elle. Mon amour.

Elle l'embrasse sur la joue, sur les paupières. Elle embrasse ses lèvres qui ont le goût du whisky, sa barbe qui a le goût du fleuve.

Le matin, elle le laisse dormir, fourre une serviette de bain dans son sac et quitte la maison. Elle traverse la route, la station essence, le bosquet derrière, et s'engage dans un sentier qui descend. Quelques kilomètres plus haut dans la vallée, la battue devrait être finie à cette heure. La Sesia est rachitique, ces derniers jours, le gel a tari les torrents qui l'alimentent, mais Elisabetta connaît un coin où l'eau ne manque jamais. Elle marche en équilibre sur les rochers pour y arriver, elle s'arrête sur celui qui est le plus large et le plus plat, elle s'assoit.

La Sesia l'accueille. Elle est si misérable aujourd'hui, des endroits quasiment toujours immergés sont à découvert. Le bois drossé ressemble à des sculptures, les plus belles sont les racines des arbres, sinueuses et tordues. Les bouleaux invitent à de nouveaux départs. Le chant du fleuve est à peine un murmure : un creux, un rapide, un creux, puis l'anse où il change de cap. Comme la vie, il prend un tournant.

Elisabetta se déshabille. Il fait froid, et elle a découvert l'importance de respirer en profondeur. La respiration réchauffe. Elle entre dans l'eau en mettant un pied, puis l'autre. Elle a beau être habituée, il y a toujours un moment où l'instinct proteste, et un effort de volonté est alors nécessaire. L'eau lui arrive aux cuisses, puis à l'aine, aux côtes. Là, elle s'arrête. Elle pose une main sur son ventre et, en pensée, prononce son invocation : Ma fille, voici la Sesia. Sesia, protège mon enfant.

Elle reste comme ça quelques secondes, puis sort de l'eau et se sèche. Elle se frictionne avec vigueur pour se réchauffer et se rhabille : les chaussettes, le jean, le pull en laine, les bottes. Un agréable fourmillement parcourt sa peau, les vaisseaux capillaires qui s'étaient contractés se réouvrent, le sang afflue.

À peine a-t-elle remis sa serviette dans son sac qu'elle perçoit un mouvement dans les arbustes. Un chien ? Oui, c'est la chienne d'hier. La blanche, qui l'observe. Elisabetta regarde autour d'elle et constate que le mâle n'est plus avec elle. La femelle s'est retrouvée toute seule, au bord du fleuve. Elle l'observe apeurée mais en détresse, incapable de décider si approcher ou fuir. Les hommes devraient lui inspirer de la terreur, maintenant, mais elle ne sait pas vivre sans eux. Elle a peut-être senti qu'elle a affaire à une femme, elle est tentée de lui faire confiance.

Il y a quinze ans, Elisabetta s'allonge nue, au soleil, sur ce rocher chaud et poli, et attend que le garçon la rejoigne.

Quinze ans après elle s'agenouille et tend une main en direction de la jeune chienne.

Viens, dit-elle. Allez, viens.

Ô maison de mon père

Cette nuit j'ai rêvé que je courais dans le bois. C'était le soir, peu avant la nuit, et les chiens de chasse étaient à mes trousses. Je les entendais derrière moi, j'entendais le glapissement que font les chiens quand ils traquent le gibier, et les branches des arbres me griffaient, déchiraient mes vêtements. J'ignore si j'étais l'adulte d'aujourd'hui ou l'enfant d'hier, mais ce bois, ce n'était pas celui où j'ai grandi, où la lumière filtre entre les sapins et les mélèzes. C'était un bois plus touffu et sauvage, un de ces bois du bas de la vallée, le vent du soir s'était levé et les arbres s'agitaient, le bouleau, le sorbier, le frêne, l'aulne, le saule, l'aubépine. Je ne les voyais pas, ces chiens de l'enfer, j'avais seulement leur aboiement plein les oreilles. Je courais, je courais et mon cœur tambourinait.

Soudain j'ai vu une porte de lierre, comme je l'appelle quand le lierre recouvre deux arbres et passe des branches de l'un à celles de l'autre, et je me suis jeté dedans. De l'autre côté, il y avait la maison de mon père. C'était vraiment elle. Pas la maison sombre et triste d'aujourd'hui, mais une belle et grande maison, avec les fenêtres éclairées comme des phares. Elles flamboyaient, ces fenêtres, littéralement. En m'approchant, j'ai compris la raison de toute cette lumière. J'ai pensé : il l'a vraiment fait, Fredo a vraiment foutu le feu, la maison de mon père est en flammes, et je me suis réveillé. Hors de mon rêve, le téléphone sonnait.

Elisabetta était sortie, j'ai mis un moment à le comprendre, et me suis levé pour répondre. J'imaginais déjà les gendarmes, la police, quelqu'un qui m'appelait du poste de commandement, le notaire m'était complètement sorti de la tête. La secrétaire m'a dit qu'ils nous attendaient à l'étude. Dans la cuisine, la voix pâteuse, j'ai dû m'excuser et expliquer que tout était annulé. Elle a dû penser : en voilà un qui devait venir ici acheter une maison et n'avait rien trouvé de mieux que de rester au lit. Elle était agacée, mais j'ai compris que ça ne lui arrivait pas si rarement. Un aléa du métier. Après tout, il y a bien des gens qui ne se présentent pas devant le prêtre.

J'ai raccroché et me suis rendu compte que j'étais à poil. Qu'est-ce que je fais à poil, moi ? j'ai pensé. Je me suis rappelé que cette nuit, hier soir ou dans la nuit, Betta et moi avions fait l'amour. Dans la cuisine, elle m'avait laissé une part de gâteau sur une petite assiette et la cafetière était déjà prête, je n'avais qu'à la mettre à chauffer. Sous l'assiette, il y avait un bout de papier que j'ai regardé pendant que le café montait : dessus, elle avait dessiné deux arbres, un mélèze et un bouleau, avec un petit cœur au milieu. Le cœur resserré et maigrichon comme elle le dessine. Je ne mérite pas une femme comme elle, moi, j'ai pensé. J'ai observé la cuisine avec toutes ses affaires, les tasses colorées, le calendrier des floraisons, ses affaires à elle qui mettaient de la douceur dans ma vie, je me suis servi du café et j'ai mangé le gâteau, une tarte aux myrtilles. Je crois que c'étaient les myrtilles que nous avions cueillies en août et je l'ai revue, les doigts et la bouche bleus.

Puis j'ai appelé l'hôpital pour savoir si le mec était vivant ou mort.

Vivant, c'est tout ce que j'ai pu savoir. Mais il n'avait pas encore repris connaissance.

Je me retrouvais avec la matinée libre, mais j'avais pas envie d'entendre ce qui se disait, alors je suis retourné à l'endroit de la veille, l'endroit du rottweiler. Sur la berge, le peu de neige qu'il y avait était tout piétiné. Des empreintes de chasseurs, pas beaucoup, j'ai compté quatre paires de semelles différentes et peut-être autant de chiens. Je les ai suivies. Ça pouvait être long, mais j'avais le temps et marcher ne me déplaisait pas. J'avais deux jours de cuite à éponger.

Comme je le pensais, plus loin, la Sesia s'encaissait. Elle ne formait pas vraiment une gorge, mais les berges étaient plus accidentées et à mi-côte ça devenait difficile de les remonter, le plus simple était de prendre par le lit du fleuve. J'ai arrêté d'essayer de sauter de pierre en pierre, quitte à me mouiller, j'ai mis les pieds dans l'eau et n'y ai plus pensé. Il n'y a rien de mieux que l'eau glacée pour chasser l'alcool du corps, c'est comme si le diable fuyait une prière. Dans le bois tout était si tranquille que j'ai moi aussi commencé à me calmer : je remontais le fleuve, j'écoutais le courant, je découvrais certains creux qui, avec à peine plus d'eau, auraient fait des bassins formidables. On devrait vraiment retourner se baigner, je me suis dit, ça nous ferait du bien, à Betta et moi. À un moment donné, une petite truite m'a même sauté entre les jambes.

Le chien, je l'ai retrouvé au bout d'une heure de marche. Ils l'avaient abandonné là, le tueur de la Valsesia, coincé entre deux rochers. Ou alors ils l'avaient abattu plus haut et le courant l'avait charrié jusqu'à ce que des pierres l'arrêtent. Il était à moitié immergé, quelle bonne idée de laisser une charogne pourrir dans le fleuve, je l'ai pris par les pattes, l'ai tiré hors de l'eau puis l'ai posé sur la rive. Trempé comme il était, on aurait dit un sac d'os.

J'ai tout de suite vu que ce n'était pas un loup. T'as perdu ton pari, Fredo. Il avait la gueule d'un loup, et son pelage gris pouvait être celui d'un loup, mais derrière, il avait des taches noires, de chien. Va savoir quel croisement c'était. Il avait une profonde déchirure sur un flanc, probablement un souvenir du rottweiler, et un trou de projectile au-dessus de l'épaule. Au moins, ils l'avaient eu du premier coup. Son museau était lacéré de cicatrices, qui ne ressemblaient en rien à des morsures de chien, loup, tigre, lion ou quoi que ce soit d'autre. C'étaient les coups de bâton qu'il avait pris dans la vie.

J'ai réfléchi une minute, me suis demandé comment l'embarquer, si je devais retourner prendre un sac à dos ou fabriquer quelque chose comme une civière avec des branches. Puis j'ai laissé tomber les inventions : c'était le genre de besogne qu'il fallait affronter comme ça, comme la pente qui m'attendait. Je l'ai chargé sur mes épaules, il pesait une trentaine de kilos. J'ai empoigné ses pattes avant dans la main droite, ses pattes arrière dans la gauche. Puis je me suis hissé sur la berge, et en avant, toute.

Le sous-bois n'était que feuilles pourries et racines cachées. J'ai bataillé avec mon fardeau sur les épaules et l'eau qui me dégoulinait dans le dos. Redresse-le tous les deux pas. Fais attention à ne pas glisser. Et en même temps, je me disais : regarde-moi le boulot de rêve que t'as, tu fais que ramasser des cadavres de chiens depuis des jours. Le croque-mort des clébards. Sa tête, sa pauvre tête, pendouillait sur le côté et battait contre moi.

Il n'y avait pas beaucoup à crapahuter en réalité. Elle est petite, ma vallée. Cent mètres de pente et j'étais sur la grand-route. J'ai posé le chien par terre, l'ai caché dans les fourrés, et suis allé chercher la Suzuki. Pas par le fleuve, par la route. En me dépassant, certaines voitures ralentissaient. J'étais trempé jusqu'aux os mais j'avais tellement transpiré en remontant cette pente que de la vapeur s'élevait de mes épaules.

J'ai conduit, j'ai remonté la vallée. Avec le chien mort dans le coffre, je suis passé lentement devant le magasin de bricolage, le magasin d'alimentation, le bureau de tabac, histoire que ceux du village qui devaient me voir me voient. Sans l'avoir décidé, à la bifurcation pour Fontana Fredda, j'ai tourné et suis monté. C'était comme si la maison de mon père m'appelait.

Sur huit kilomètres, j'ai pensé à mon père quand j'étais enfant. Il n'était pas méchant, papa. C'était un malheureux. Je me suis rappelé quand il nous emmenait voir les maisons de maître dans la Valsesia, il nous parlait de ceux qui avaient fait fortune dans le textile, le ciment. Untel avait commencé en achetant de la laine aux bergers, un autre en s'arrogeant des terrains le long du fleuve qui ne valaient rien. Il y avait un type qui prêtait de l'argent aux paysans contre une hypothèque sur leurs champs, de minuscules parcelles le plus souvent, le petit enclos familial. Avec ce système, l'usurier s'était retrouvé propriétaire de la moitié de la Valsesia : pour sauver son âme, il avait fait construire une chapelle consacrée à saint Grat, qui protège les récoltes des intempéries, et les chrétiens en cas de foudre. Les maisons que nous allions voir avaient presque toujours les volets fermés, sauf certains dimanches de printemps où nous restions dans la voiture à regarder les riches prendre leur repas dans leur véranda, j'ignore quel plaisir y trouvait mon père, il cultivait son amertume, c'est tout.

Je suis arrivé en haut, et au fond de moi, j'étais convaincu que j'allais trouver un tas de cendres fumantes. Au lieu de ça, la maison était encore là, Fredo avait juste abattu un arbre dans le jardin. Le sien, pas le mien. Le mélèze était droit debout, et le sapin couché de tout son long. J'ai apprécié l'humour de mon frère, même si je regrettais d'avoir perdu un arbre adulte, mais j'ai pensé, à ses dépens, que le mélèze grandirait mieux sans le sapin qui lui faisait de l'ombre. J'ai sorti le chien du coffre, aussi trempé qu'une serpillière. Je l'ai laissé dans le pré et suis allé à l'étable chercher la pelle et la pioche.

Quand je suis ressorti avec les outils, Gemma était là, les yeux rivés sur le chien. Gemma est une des dernières habitantes de Fontana Fredda : aussi bizarre que cela puisse paraître, mon père et elle ne s'adressaient plus la parole depuis des années. Avec Betta et moi, par contre, elle n'a aucun problème, elle était même heureuse d'apprendre que nous comptions nous installer là-haut.

Luigi, elle m'a dit. Bonjour.

Bonjour, Gemma.

Qu'est-ce que tu fais ?

J'enterre ce chien.

Il était à toi ?

Non. Mais je le fais quand même.

Elle a réfléchi. Puis elle a dit : C'est bien.

J'ai regardé autour de moi et lui ai demandé : Où je devrais le mettre, d'après toi, Gemma ?

Tu ferais pas mieux de le mettre dans le bois ?

Non, non. J'aimerais le garder ici dans le jardin.

J'ai choisi le coin vers les arbres, près du mélèze et de la souche du sapin. Dans la souche, le bois était encore blanc et on pouvait compter les coups. Pas mal, Fredo, j'ai pensé : ça faisait des années que je n'avais pas vu un arbre abattu à la hache. J'ai pris la pioche, l'ai soulevée au-dessus de ma tête et j'ai commencé à taper dedans à mon tour.

J'ai dû mettre une demi-heure pour creuser ce trou. J'ai sorti une tonne de cailloux, c'est que de la pierraille sous Fontana Fredda, des cailloux avec de la terre par-dessus. Je suis allé assez profond pour éviter qu'un renard, sentant l'odeur, n'ait l'idée de fouiller. J'ai tiré le chien par les pattes, l'ai fait glisser dans le trou, lui ai donné une caresse sur le museau, l'ai recouvert avec les cailloux les plus gros, puis les plus petits. À la fin, la poignée de terre. J'étais en sueur quand je me suis assis pour admirer le travail. J'ai allumé une cigarette et j'ai regardé le mélèze debout, le sapin couché et la tombe du chien entre les deux.

Gemma était encore là, elle avait suivi chacun de mes gestes.

Luigi, a-t-elle dit, c'est vrai qu'ils vont construire une piste de ski ?

Oui, c'est vrai, j'ai dit.

Quand est-ce qu'ils commencent ?

En avril ou en mai.

Ils vont couper beaucoup d'arbres ?

Ma foi, j'ai dit, entre la piste et la remontée, il y a dix hectares de bois. À raison de cinq cents arbres par hectare, ça fait dans les cinq mille. On doit justement venir les marquer les jours prochains.

— Les marquer ?

— On les marque avec de la peinture. Puis au printemps, ils viendront les couper.

— Ils vont couper cinq mille plantes ?

Je l'ai regardée. Son expression était triste, plus que dubitative. Des yeux d'un bleu intense, et inconsolables.

— Qu'est-ce que tu veux, j'ai dit. Les gens vont pas skier au milieu des arbres.

— Quel dommage, a-t-elle dit.

Gemma avait raison, bien sûr. Mais depuis la nuit des temps, les hommes coupent les arbres, massacrent les bêtes et se défoncent le crâne les uns les autres. S'il y a du mal sur cette terre, on ne le doit qu'à nous. J'ai fini ma cigarette, l'ai écrasée dans l'herbe et me suis dit qu'il ne me restait plus qu'à descendre chercher la tronçonneuse pour débiter le sapin. Il ne ferait pas long feu dans le poêle, mais je ne supportais déjà plus de le voir dans mon jardin.

Je conduisais encore, plus tard, en remontant cette route que j'ai parcourue un million de fois dans ma vie, toujours la même, cette bonne vieille route de mon âme, quand derrière un virage, la vallée a tourné et je me suis retrouvé nez à nez avec le glacier du Rose. Il flamboyait à en faire mal aux yeux. Sans que je me l'explique, j'ai ressenti le besoin de m'arrêter. J'ai garé la voiture sur le bas-côté et suis resté à fixer cette blancheur aveuglante qui contrastait avec le ciel. Souvent j'oublie qu'au sommet de la vallée il y a une montagne pareille, que le fleuve prend naissance là : chez nous, en bas dans la vallée, l'ombre était déjà tombée depuis longtemps, alors que là-haut le glacier reflétait le soleil. Elle était comme la maison de mon père dans mon rêve, haute, belle, lumineuse. Le salut vers lequel j'accourais. Je l'ai regardée à travers le pare-brise et la maison de mon père étincelait de mille feux au-dessus de cette vallée obscure, où nos péchés gisent, inexpiés.

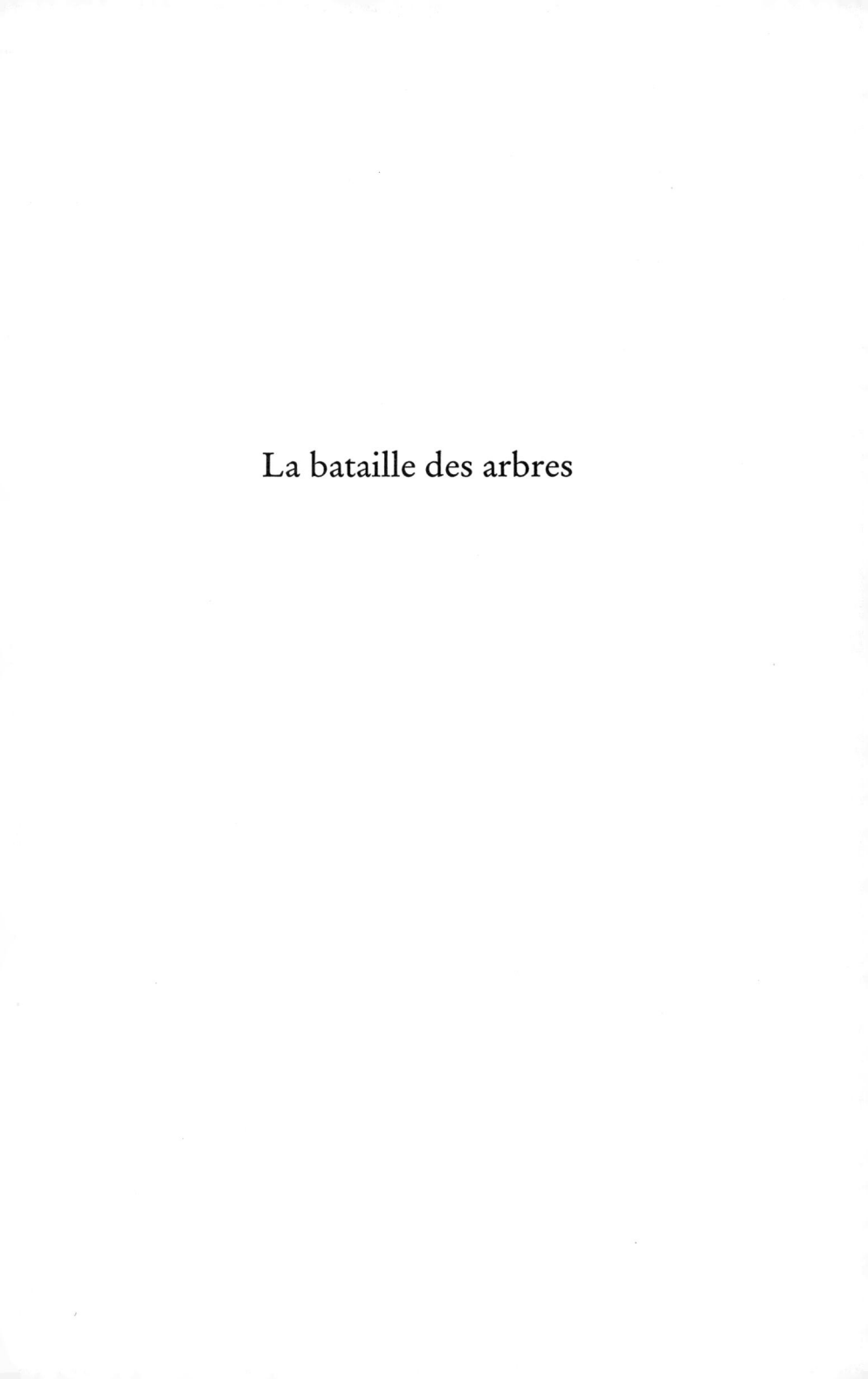

La bataille des arbres

J'ai revêtu bien des formes avant celle-ci;
j'ai été un ruisseau sur le versant,
j'ai été un saumon dans l'océan,
j'ai été le brouillard qui mouille les cheveux.

J'ai été une fille, un chien,
un verre entre les mains du buveur,
le souffle dans l'harmonica,
la neige qui reflète la lune.

Des hauteurs où je siège,
là où jadis sourdait l'eau glacée,
j'ai vu les arbres et les créatures vertes
envoyées à la bataille.

Le saule en première ligne
para l'assaut.
Le sorbier des oiseleurs
lui protégeait les arrières.

Le rosier des chiens opposa
une résistance acharnée,
elle est armée de pointes de lance
qui écorchent les mains.

Des pas du chêne
résonna le champ de bataille,
robuste gardien est son nom
dans toutes les langues.

Agiles, le houx et l'aubépine
lui emboîtèrent le pas.
Furibonde l'ortie
avec la rhubarbe pour écuyère.

Brut et sauvage le sapin,
impitoyable le frêne :
il ne prend pas de détour dans l'attaque,
il vise droit au cœur.

Le bouleau, pourtant touché,
ne s'arma pas avec les autres,
signe non de couardise
mais de noble rang.

Ils tardèrent à sortir de leur abri :
le myrtillier et la gentiane,
sans expérience de guerre,
et la fougère courtoise.

La bruyère apportait réconfort
aux combattants harassés,
le pin, odorant de résine,
tomba dans ses bras.

Vaillants furent le genévrier
avec son fruit âpre,
et le pin mugho malaimé
à la modeste mise.

La busserole avec sa dot
resta renfrognée en marge du combat,
avec le sureau lent à brûler
au milieu des feux qui ardaient.

Le rhododendron se resserra
en rangs compacts.
Le framboisier ne recula pas
devant l'ennemi.

Le chêne rouvre et le chêne pubescent,
et le lierre qui les couvrait
se battirent, furent abattus
et reposèrent ensemble.

L'érable, malgré sa fureur,
ne broncha qu'à peine :
il combattit au cœur de la bataille,
et tonitruante fut sa complainte.

Avant d'être arraché
le châtaignier aux fruits sucrés
provoqua un branle-bas de combat
conquit le titre du plus hardi.

Le hêtre frappa avec vaillance
Le charme laissa ses branches dans la lutte.
L'épilobe, dévastateur,
fut dispersé en tous sens dans le vent.

Le mélèze poussa son cri :
le ciel et la terre tremblèrent.
Ses branches aux jeunes bourgeons
se plantèrent dans le sol.

Le pin cembro fut le dernier à tomber.
Sa charge causa grande terreur.
Il fut repoussé, il repoussa,
et infligea de grands coups.

Le jet s'est tari maintenant,
la pierre arrondie,
les grandes mers avancent, rapides,
depuis que j'ai entendu le cri de guerre.

Et le brave cytise faux ébénier
qui rit oublié
sous la roche saillante
à la forme étrange.

Le sommet du bouleau
germe depuis son pied :
de sa vigueur patiente
les gens espèrent.

Les pèlerins s'étonnent,
les sages restent interdits
de la reprise des batailles
d'un autre temps.

Sous la lune qui décline
une lutte effroyable,
puis une autre prête à gronder
en plein soleil.

Mais moi, même ignoré,
car à l'époque je n'avais pas cette forme,
j'ai combattu, ô arbres, au sein de vos troupes
sur le champ de Fontana Fredda.

Note de l'auteur

Il n'y avait pas beaucoup de musique, dans la maison où j'ai grandi, mais par chance j'avais une grande sœur avec une chaîne stéréo et quelques cassettes. L'une d'elles était *Nebraska* de Bruce Springsteen. Je revois encore la pochette, avec le nom du musicien, le titre en rouge sur fond noir, et la photo en noir et blanc d'une plaine vue derrière un pare-brise. L'horizon légèrement penché, le ciel chargé de nuages, un reflet sur le capot, la route qui se perd en ligne droite à travers des champs désolés. Au début des années 1990, je suis tombé amoureux de cet album sans que je me l'explique vraiment, étant donné que je ne comprenais pas les paroles. La musique est tout ce qu'il y a de plus dépouillé : trois accords (ça, je l'ai découvert des années plus tard, en la jouant), une guitare, un harmonica et le murmure indistinct de Springsteen, qui semble chanter les lèvres closes, ou rien que pour lui, comme on fredonne seul dans l'obscurité d'une chambre. Ou peut-être dans cette voiture à travers le Nebraska.

Je l'écoutais en boucle, rembobinant à chaque fois : ça abîmait le ruban, à la longue, mais ce n'était pas plus mal que le son crache un peu, comme s'il venait d'une lointaine station captée par l'autoradio. Je n'ai jamais cessé de l'écouter, et trente années ont passé. Je crois que c'est l'album que j'ai le plus écouté dans ma vie.

Il m'a fallu faire un long voyage à travers la littérature américaine avant de revenir à *Nebraska* et de mieux comprendre (je remercie au passage Leonardo Colombati pour son analyse précieuse de cette œuvre). Mais d'abord, la genèse : à l'automne 1981, Springsteen a trente-deux ans, et il rentre de sa tournée de *The River*. Cet album l'a hissé au rang de rock star internationale. Il a donné cent quarante concerts en un an, affichant complet partout aux États-Unis et en Europe. S'il n'a pas de femme dans sa vie, il a une famille choisie, l'EStreet Band, dont les membres se dispersent dès leur retour au pays. Pour un moment, chacun de son côté. Sauf que du côté de Bruce, il n'y a personne, si ce n'est un père avec qui les rapports sont toujours tendus, et qui deviendra le père le plus célèbre du rock américain (si on en juge le nombre de chansons de son fils qui parlent de lui). Pour ne rien arranger, le jeune homme a été chassé de son appartement et en loue donc un autre dans le New Jersey, où il va s'installer. L'idée est d'écrire de nouvelles chansons, mais il se retrouve seul là-bas, au début de l'hiver, et l'année écoulée lui présente la facture. L'adrénaline et les bains de foule. La vie en tournée. Une humeur sombre s'abat sur lui, de celles que Melville décrivait « comme un bruineux et dégoulinant novembre[6] ».

Le soir, dans cet appartement, il regarde surtout des films noirs et violents, comme *La Nuit du chasseur* de Charles Laughton ou *La Balade sauvage* de Terrence Malick. Il lit beaucoup. Plus tard il dira que cette période correspond au moment de sa vie où il cesse de puiser son inspiration dans les chansons des autres et la trouve dans les livres. Il citera James M. Cain, *Le facteur sonne toujours deux fois*, et surtout Flannery O'Connor. Flannery O'Connor est un modèle pour ceux qui, comme moi, s'inscrivent dans la tradition de la nouvelle. Elle était catholique d'origine irlandaise (Springsteen est moitié irlandais, moitié italien, le mélange le plus catholique qu'il puisse y avoir en Amérique), vécut dans le sud des États-Unis entre les années 1920 et les

---

6. Herman Melville, *Moby Dick*, Paris, Gallimard, 1941, traduction de Lucien Jacques, Joan Smith et Jean Giono.

années 1960, elle avait une maladie dégénérative et elle est morte jeune, après avoir passé une bonne partie de sa vie alitée. Pas étonnant que ses histoires soient sombres, ce sont de vrais récits *dark** de l'époque. Voleurs, assassins, fille unijambiste, prédicateurs de rue. Une de ses nouvelles mémorables s'intitule « Le fleuve », et *The River* était aussi la chanson avec laquelle Springsteen souhaitait prendre un nouveau départ.

Le morceau lui était venu un peu par hasard quelques années auparavant. Jusque-là, il avait toujours écrit des trucs du genre « Hey baby, monte dans ma voiture, toi et moi on est nés pour tailler la route », et un beau jour, en pensant à sa sœur, cette chanson magnifique était née, à propos d'un couple. Lui qui avait grandi dans une vallée où la seule chose qu'on vous apprend, c'est de faire comme votre père. Elle, rencontrée à dix-sept ans, et aussitôt enceinte. Il y a un mariage réparateur, la carte du syndicat, le travail dans une entreprise de bâtiment. Quand ils étaient plus jeunes, elle et lui allaient souvent se baigner dans le fleuve, mais plus le temps passe et moins ils y vont. Le fleuve s'assèche, l'amour s'épuise. La crise économique éclate, et il perd son travail. Ce n'est pas une nouvelle de Flannery O'Connor, mais de Raymond Carver, un autre auteur que Springsteen lisait. Le livre qui l'a fait connaître, *Tais-toi je t'en prie*, était sorti en 1976, et son deuxième, *Parlez-moi d'amour*, cette même année 1981.

Quelle musique pouvait accompagner ce genre d'histoires ? Qui, dans la musique américaine, a chanté les chômeurs, les malheureux, les petites frappes et les gens des campagnes ? Il faut revenir au folk de la Grande Dépression, dans lequel Bob Dylan avait lui-même déjà puisé. Les histoires que Steinbeck a racontées dans *Les Raisins de la colère* et *Des souris et des hommes*, Pete Seeger, Hank Williams, Woody Guthrie les ont chantées. Voix, harmonica et « cette guitare tue les fascistes », comme l'avait écrit Guthrie sur sa guitare. Springsteen, fils d'un ouvrier du New Jersey, avait grandi dans une rue avec les Italiens d'un côté et les Irlandais de l'autre. À trente-deux ans, il décide de faire une pause du rock'n'roll et de se mettre au folk pour tenter de raconter ces histoires que lui aussi connaît.

Comment les moments de grâce arrivent aux artistes, c'est un mystère. Ils arrivent parfois dans des périodes heureuses, d'autres fois dans des périodes malheureuses. Ils naissent de la tranquillité, du chaos, de la douleur, d'un bon mariage ou de l'échec d'un mariage, on ne peut pas savoir.

Toujours est-il qu'à l'automne 1981, Springsteen traverse sans aucun doute un moment comme celui-là. En l'espace de quelques semaines, il écrit dix chansons de *Nebraska*, et d'autres encore qui se retrouveront dans les albums suivants. Pour enregistrer des maquettes, il demande à son ingénieur du son d'installer un petit studio d'enregistrement chez lui. Celui-ci lui amène un quatre-pistes : pour chaque morceau, il pourra enregistrer séparément trois instruments en plus de la voix, puis les mixer lui-même. D'où, voix, guitare, harmonica et, en guise de percussion, un simple tambourin. Sur certains morceaux, la quatrième piste est utilisée pour les « chœurs », comme il les appelle, même si, quand on écoute le disque, on dirait plutôt des ululements.

Comment ça a dû être, de passer Noël et le jour de l'an dans cet appartement vide ? Je me rappelle une nouvelle de Carver qui disait : « La période des fêtes, c'est toujours dangereux[7] » (par rapport à l'alcool). Bruce sera peut-être allé dans sa famille pour Noël, on l'aura invité à fêter le 31 quelque part. Et le 3 janvier 1982, il allume l'enregistreur, s'assoit et se met à jouer. Une chan-

---

7. Raymond Carver, « Là d'où je t'appelle », *Les Vitamines du bonheur*, Paris, Éditions de l'Olivier, 2021, traduction de Simone Hilling.

son après l'autre, il les enregistre toutes. Quelle journée.

Au printemps, il réunit son groupe dans le studio et, après un hiver de repos mérité, met les musiciens au travail. Ils écoutent la cassette avec les squelettes. Ils les arrangent. Ajoutent la basse, la batterie, le saxophone, les synthés et la guitare électrique. Ils tentent différentes choses, essaient d'obtenir un bon son. Mais au bout d'un moment ils se regardent dans les yeux et tout le monde tombe d'accord, Springsteen compris : les chansons étaient plus belles avant. Toute la beauté était dans la petite cassette qu'il avait enregistrée seul, en murmurant et en ululant, inutile de chercher à faire mieux. Voilà pourquoi ce que nous écoutons aujourd'hui, quand *Nebraska* sort de nos puissantes enceintes, ou de nos misérables transistors, ce n'est rien d'autre que Bruce Springsteen qui chante dans sa petite chambre du New Jersey, le 3 janvier 1982.

À la même période, Raymond Carver écrivait ses meilleures nouvelles : *Les Vitamines du bonheur* sortit en 1983, peu après *Nebraska*. Ces nouvelles et ces chansons dialoguent entre elles. Carver mourut en 1988, il eut le temps d'écouter l'album et aussi, je crois, de l'aimer, mais je n'ai pas réussi à savoir si les deux hommes s'étaient rencontrés.

Taliesin était un barde gallois du sixième siècle, un Bruce Springsteen de l'époque, pour autant qu'il ait vraiment existé. C'est à lui qu'on attribue le sombre poème « Cad goddeu », ou « Le combat des arbres », qui renferme des souvenirs d'une guerre ancestrale, des formules magiques et, à en croire les chercheurs, un alphabet dit « Beth-Luis-Nion », d'après les trois premières lettres qui le composent (bouleau, sorbier, frêne) : à chaque arbre une lettre, un mois lunaire, un héros mythique, un caractère humain. J'ignore si Mario Rigoni Stern l'avait lu, mais il cite souvent le calendrier celte dans *Arbres en liberté*. Je me suis permis de réécrire certains vers du poème en pensant aux arbres des bois de chez moi, et aux choses qui se passent aujourd'hui.

Enfin, la Valsesia est une très belle vallée qui descend du mont Rose, notre montagne mère. J'y vais de temps à autre en partant à pied de chez moi. J'y suis même allé une fois en canoë, parce que la Sesia est l'un des fleuves les plus beaux à descendre en termes de rapides, l'un des derniers des Alpes à ne pas avoir été aplani et endigué, à être resté sauvage sur de longs tronçons. La

Valsesia a une solide tradition en tant que refuge des persécutés et des minorités – de fra Dolcino au peuple valaisan en passant par les partisans de la Résistance – et une âme ouvrière bien visible dans le bas de la vallée. Mais pour nous, de notre côté du Rose, c'est la vallée par laquelle le mauvais temps arrive. Nous avons même un proverbe qui dit : si le vent qui souffle vient de la Valsesia, rentre chez toi, il va pleuvoir. Cette vallée est un goulet d'étranglement où tout le brouillard qui se lève de la plaine entre Novara et Vercelli s'accumule, et c'est étrange de se trouver sur la ligne de partage des eaux, ou de regarder en bas depuis les glaciers du Rose et de voir les nuages d'un côté et le soleil de l'autre. Elle semble frappée par le mauvais sort. L'histoire de cette vallée est jalonnée d'inondations, et sa forte pluviosité lui a valu le tendre surnom de « pissotière d'Italie ». Je ne suis jamais allé dans les *badlands** d'Amérique, mais cette vallée me semblait l'endroit idéal pour devenir mon Nebraska.

Fontane, 2023

*À Andrea, Davide et aux années du Sottile.
À Fede et à nos réveils.
Avec amour.*

Table des matières

1. Valsesia 9
2. Policier des forêts 25
3. Passer l'hiver 69
4. Femme dans l'eau 95
5. Ô maison de mon père 123
6. La bataille des arbres 137

Note de l'auteur 145

*Cet ouvrage a été composé
par Belle Page
et achevé d'imprimer sur Roto-Page
par l'Imprimerie Floch à Mayenne
pour le compte des Éditions Stock
21, rue du Montparnasse, 75006 Paris
en avril 2024*

Stock s'engage pour
l'environnement en réduisant
l'empreinte carbone de ses livres.
Celle de cet exemplaire est de :
250 g éq. CO_2
Rendez-vous sur
www.editions-stock-durable.fr

PAPIER CERTIFIÉ

Imprimé en France

Dépôt légal : mai 2024
N° d'édition : 01 – N° d'impression : 104707
49-08-1928/7